全民阅读：>>> 国学经典无障碍 优读书系

 中国文学的源头

诗　经

（西周）尹吉甫◎著

杨　靖　李昆仑◎编

敦煌文艺出版社

图书在版编目（CIP）数据

诗经 /（西周）尹吉甫编著；杨靖，李昆仑编. -- 兰州：敦煌文艺出版社，2015.7
（全民阅读·国学经典无障碍悦读书系）
ISBN 978-7-5468-0883-3

Ⅰ.①诗… Ⅱ.①尹…②杨…③李… Ⅲ.①古体诗—诗集—中国—春秋时代②《诗经》—注释③《诗经》—译文 Ⅳ.①I222.2

中国版本图书馆CIP数据核字（2015）第151235号

诗　经
（全民阅读·国学经典无障碍悦读书系）
（西周）尹吉甫　编著
杨　靖　李昆仑　编
责任编辑：侯君莉
封面设计：凤苑阁文化

敦煌文艺出版社出版、发行
本社地址：（730030）兰州市城关区读者大道568号
本社邮箱：dunhuangwenyi1958@163.com
本社博客（新浪）：http://blog.sina.com.cn/lujiangsenlin
本社微博（新浪）：http://weibo.com/1614982974
0931-8773084(编辑部)　　0931-8773235(发行部)

北京兴星伟业印刷有限公司
开本 787毫米×1092毫米　1/16　印张 10　字数 190 千
2016 年 1 月第 1 版第 2 次印刷
印数：1~3 000

ISBN　978-7-5468-0883-3
定价：29 .80元

如发现印装质量问题，影响阅读，请与出版社联系调换。

本书所有内容经作者同意授权，并许可使用。
未经同意，不得以任何形式复制转载。

序 Preface

　　本套《全民阅读：国学经典无障碍悦读书系》，以弘扬传统文化、传承中华文明为宗旨。是经编写者精心设计，以期达到深入浅出、今古相合、适合广大读者理解古代先贤智慧的无障碍阅读图书。

　　本书系特点鲜明，在国学经典无障碍阅读方面采用多视角、多元化、多维度的启动引擎。全书分为六大版块：图鉴阅读、史记阅读、辅助阅读、原作新释、体验阅读和延展阅读。通过这些版块，详细生动地从不同功用上对50册国学经典进行全方位的介绍，辅助广大读者对古籍进行强化记忆和深入释解，有益于广大读者在古诗文学习上的提高。

　　这些古诗文出现在中国两千多年文化流传的历史长河之中，在华夏文明的历史上，闪烁着耀眼的光辉，启迪了一代又一代华夏子孙的智慧。

　　在每一个中国人的血液中都流淌着美丽而空灵的属于汉字的基因，它的笔画音韵有着超凡的智慧、博大的精神和动人的韵律，有着中国文化所独有的形体之美和德性之蕴藉。它确定权威与法则，讲究和谐与稳定，注重教化与实证。它不仅引领我们遨游于宇宙太空，感受旷古时空的荒凉与空寂；而且引领我们不断地向着心灵内涵、向着肉眼不及的太空，不断地以智慧进行着问难与探索，直至找到我们生命中真实的每一次发自内心深处的搏动和存在。

　　国学经典都是智慧之书，是可以让一个民族怀着隐秘的热情世世代代、反反复复去吟咏慨然的书籍。这些书籍之所以能够让人们经世不疲地去阅读，就是因为它能够赋予人类超凡的力量。

　　天行健，君子以自强不息；

　　地势坤，君子以厚德载物。

　　让全民阅读更上一层楼，让古老的国学闪烁出生命之光，成就智慧人生！

编者

2015年1月

目录

Contents

图鉴阅读

诗

经

^^^

图鉴阅读结构图——阅览本书尽收眼底

1 图鉴图示轻阅读：这部分内容用和谐的色彩和图形来对本书作者、历史影响等进行解读，简单、清晰、直观，有利于读者轻松把控和阅读本书。

2 史记经典精阅读：这部分包括本书的历史传承、影响，以及本书的历史地位、作用、意义等内容，起到点睛之笔的作用，能够让读者做到对经典著作的深入和精细化阅读。

3 辅助启示快阅读：用简短、精练的语言对每一篇的内容进行概括、总结，以期让读者更加快速地从宏观角度掌握本书的主要内容。

5

体验感悟智阅读：用体验的方式阅读，具有亲历性和验证性，当把书籍的内容用在实际中，是活学活用，也是学以致用，《诗经》对我们理政、经商、治学、教育等均有广泛用途，有针对性地用在实践中，是我们阅读的目的。

4

原作新释深阅读：这部分内容包括原典、注释、译文和铭记链接，侧重对原典的正确解读，注释译文力求简明准确，链接知识紧扣文本，重在凸显原典主旨，弘扬传统文化。

6

文化链接博阅读：选取和本书相关的人物、书、影视以及经典的词句、思想等内容，以增加读者的文化积淀，拓宽视野，培育创造力。

阅读启示图解——本书阅读启发引导

1.《诗经》收集了自西周初年至春秋时期大约五百多年的三百零五篇诗歌。内容上分为风、雅、颂三部分，其中"风"是地方民歌，有十五国风，共一百六十首；"雅"主要是朝廷乐歌，分大雅和小雅，共一百零五篇；"颂"主要是宗庙乐歌，有四十首。

2.《诗经》是中国古代诗歌的光辉起点。对我国后世诗歌体裁结构、语言艺术等方面，也起到了非常重要的作用。同时，后世箴、铭、诵、赞等文体的四言句式和辞赋、骈文以四六句为基本句式，也可以追溯到《诗经》。

原文部分参照多家白话文本及诸家注、疏、笺、校本，文章经梳理后，以中国现代标点符号标明句读，以方便读者阅读。

全民
阅读： >>> 国学经典无障碍 悦读书系

·周　南·

原文

关关雎鸠①，在河之洲②。窈窕淑女③，君子好逑④。

注释部分是对古今异义（异音）、生僻、难解等词语进行注释，力求准确严谨，古今相通，简洁明白，便于读者阅读。

注释

①关关：水鸟叫声。雎（jū）鸠（jiū）：一种水鸟名。
②洲：水中沙滩。
③窈窕：容貌美好。淑：品德善良。
④君子：《诗经》中对贵族男子的通称。逑：配偶。好逑：即佳偶。

3、《诗经》在我国诗歌发展的过程中，对协调音韵、兴象、意境等都起到了非常重要的作用，其中，《雅》、《颂》中的诗歌，还对于我们考察早期历史、宗教与社会具有很大价值。

4、《诗经》思想和艺术价值最高的是民歌，"饥者歌其食，劳者歌其事"，《伐檀》《硕鼠》《氓》就是"风"的代表作。《诗经》对后代诗歌发展有深远的影响，成为我国古典文学现实主义传统的源头。《诗经》所创立的比兴手法，经过后世发展，成了我国古代诗歌独有的民族文化传统。

译文

睢鸠关关叫得欢，成双成对在河滩。美丽贤良的女子，正是我的好侣伴。

译文部分参考诸家注、疏、笺、校本，以现代白话的形式解说文言文原文，以帮助现代读者理解原文，明白其意思。

铭记链接

1、衡门之下，可以栖迟。泌之扬扬，可以乐饥。

2、关关雎鸠，在河之洲，窈窕淑女，君子好逑。

3、蒹葭苍苍，白露为霜。所谓伊人，在水一方。

4、桃之夭夭，灼灼其华。

5、知我者，谓我心忧。不知我者，谓我何求。悠悠苍天，此何人哉？

6、投我以木桃，报之以琼瑶。匪报也，永以为好也。

7、彼采萧兮，一日不见，如三秋兮。

铭记链接是对文章内涵的延伸，所选内容和名言都是本书中知名度最高，对后人启发最深刻的，能够拓展读者视野，加深读者记忆，提高阅读质量。

作者生平阅读——直观再现作者人生

| 公元前852年 | 尹吉甫出生 |

公元前828年 周宣王姬靖继位，选贤用能，任用尹吉甫、仲山甫、方叔、召虎为大臣。

公元前823年 尹吉甫率军反攻到太原，并奉命在成周负责征收南淮夷等族的贡献，并在朔方筑城垒。

约公元前824年 尹吉甫奉周宣王命出征猃狁，驻防今平遥城一带。

尹吉甫发兵南征，对南淮夷征取贡物，深受周王室的倚重。

约公元前 800 年

周宣王亲命大臣作诗"文武吉甫，天下为宪"。尹吉甫被封为太师。

约公元前 780 年

宣王晚年病重弥留之际，召见老臣尹吉甫和召虎于榻前托孤。

公元前 781 年

尹吉甫去世。

公元前 775 年

作者简介

　　《诗经》是我国第一部诗歌总集，收集了自西周初年至春秋中叶五百多年的诗歌305篇。先秦时称《诗》或《诗三百》，到了汉代被儒家奉为经典。据说，尹吉甫是《诗经》的主要采集者。尹吉甫（公元前852-前775），即兮伯吉父，周房陵(今湖北省十堰市房县青峰镇)人。兮氏，名甲，字伯吉父，尹是官名。尹吉甫，是周宣王的大臣，军事家、诗人、哲学家，被尊称为中华诗祖。

　　公元前828年，周宣王姬靖继位，选贤用能，国家兴旺，周室中兴。他任用尹吉甫、仲山甫、方叔、召虎为大臣。尹吉甫为朝政中枢的重臣，文能治国，武能安邦。加之宣王英明有道，"任贤使能"，使"周室赫然中兴"，百姓安居乐业，国家安宁。周宣王还亲命大臣作诗称颂他"文武吉甫，天下为宪"，被封为太师。

　　周宣王五年六月（公元前823年4月，周历六月），猃狁（古部族名）迁居焦获，进攻泾水北岸，危及宣王。"宣王励精求治，命吉甫北伐猃狁"。尹吉甫亲率大军反攻到太原取得大胜，又奉命在成周（今河南洛阳东）主持征收南淮夷等族的贡赋，功绩卓著，深得宣王器重。据《东周列国志》载："宣王晚年病重弥留之际，召见老臣尹吉甫和召虎于榻前，曰：'朕赖诸卿之力，在位四十六年，南征北伐，四海安宁，不料一病不起！太子宫湦，年虽已长，性颇暗昧，卿等协力辅佐，勿替世业！'"宣王故，立其子幽王，吉甫乃是佐命之臣。

　　尹吉甫曾作《大雅·庶民》。"吉甫作颂，穆如清风"。还有《大雅·嵩高》、《大雅·江汉》、《大雅·韩奕》等诗篇。他的诗歌主要是歌颂和赞美周宣王的功绩，但对宣王疏远贤臣等过失也作了善意批评。如《大雅·烝民》："衮职有阙，惟仲山甫补之。""宣王君德有失也，仲山甫则能补之"。又如《大雅·嵩高》文中对宣王含有讽意。他的诗歌真实地反映了宣王的"功"与"过"，对其作了正确地评价。吉甫的诗对历代诗人影响较大。

他辅助过三代帝王，后周幽王听信谗言，杀了他。不久之后，周幽王知道错杀了，便给他做了一个金头进行厚葬。为了防止盗墓，修建了真真假假十二座墓葬于房县东部。

西周以后的封建王朝一直把尹吉甫推崇为"忠义"至尊的化身，后来一直成为王公大臣们做人为官的典范。特别是对房陵的建设与保护，历朝历代官员动用大量人力、物力、财力，为尹吉甫在故地建墓、修祠、造庙，不仅是为了纪念尹吉甫在房陵出生、食邑房陵、采诗房陵、葬于青峰的历史事实，更是为了启迪后人做忠孝之人。

著书时间

《诗经》约成书于春秋时期，到了汉代被儒家奉为经典。《诗经》中最早的作品大约成于西周时期，根据《尚书》上所说，《豳风·鸱鸮》为周公旦所作。《诗经》的作者亦非一人，产生的地域也很广。除了周王朝乐官制作的乐歌，公卿、列士进献的乐歌，还有许多原来流传于民间的歌谣。相传周王朝派有专门的采诗人，到民间搜集歌谣，以了解政治和风俗的盛衰利弊又有一种说法：这些民歌是由各国乐师搜集的。乐师是掌管音乐的官员和专家，他们以唱诗作曲为职业，搜集歌谣是为了丰富他们的唱词和乐调。

作品影响阅读——历代名家点评

孔子说："诗三百，一言以蔽之，思无邪。"他对《诗经》做出了很高的评价。

孟子："说诗者不以问害辞，不以辞害志，以意逆志，是为得之"，"颂其诗，读其书，不知其人可乎？是以论其世也。"

梁启超："现存先秦古籍，真赝杂糅，几乎无一书无问题，其真金美玉，字字可信者，《诗经》其首也。"

胡适说："《诗经》并不是一部经典，是一部古代歌谣的总集。"

鲁迅：根据《风》《雅》《颂》三部分的实际内容，《诗经》是"中国最古的诗选"，"以性质言，风者，间巷之情诗；雅者，朝廷之乐歌；颂者，宗庙之乐歌也。"

19世纪前期法国人比奥说：《诗经》是"东亚传给我们的最出色的风俗画之一，也是一部真实性无可争辩的文献，""以古朴的风格向我们展示了上古时期的风俗习尚、社会生活和文明发展程度"。

19世纪初，法国大诗人雨果说：路易十四时代，人们是古希腊学者，现在人们是东方学者，《诗经》这部古老的作品历经岁月沧桑仍然闪耀着艺术光辉。

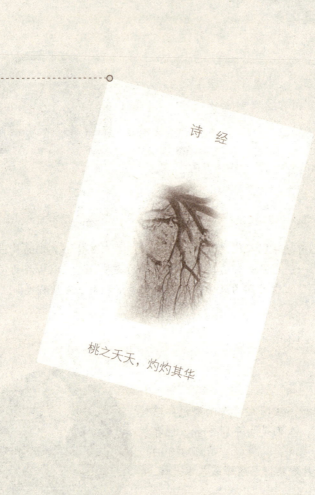

诗 经

桃之夭夭，灼灼其华

史记阅读

诗

经

春秋是我国的一个动荡、融合的年代，出现了中国文化的大发展，出现了我国第一部诗歌总集《诗经》，又称《诗》或《诗三百》，收集并整理了从西周初年到春秋中叶的诗歌共305篇。

《诗经》由孔子收集删定后传给了子夏，子夏后传给了曾申，曾申又传给了李克，李克又传给孟仲子，历经根牟子、荀卿，之后传给毛亨。毛亨生活的时期恰逢秦始皇坑儒焚书，他不得不仓皇北上，到了河间，其间毛亨的侄儿毛苌逃到了山东昌乐，叔侄俩隐姓埋名互不往来，因此得以躲过了灾难。

直到汉惠帝发布了撤销"挟书令"的律令，毛氏才得以重新整理《毛诗诂训传》，并亲口传授给毛苌。人们称毛亨为大毛公，称毛苌为小毛公，

当时，西汉河间王刘德遍求天下"善"书，在忽然听说在他的辖区居然有这么一位能够诵经解义的大贤，大喜过望，"礼聘再三"，请毛苌出山，封毛苌为博士，并在都城乐城东面建造日华宫（今泊头市西严铺），北面君子馆村建招贤馆，命毛苌在此讲经，传授弟子。

当时讲解《诗经》的主要有齐人辕固生、鲁人申培、燕人韩婴、河间毛亨4家。但由于"毛诗传"继儒门正宗，解经往往与先秦典籍相合，而且其训诂具有平实、准确、简明、便于传习的特点，所以，独有毛诗流传下来。再加上《诗经》以其口耳相传、易于记诵的特点，流传非常广泛。

鲁人毛亨和赵人毛苌的古文"毛诗"晚出，在西汉虽未被立为学官，但在民间广泛传授，并最终压倒了"三家诗"，盛行于世。后来"三家诗"先后亡佚，今本《诗经》，就是"毛诗"。

汉儒传《诗》，使《诗》经学化，固然有对《诗经》的曲解、附会，但汉代形成的诗教传统和说诗体系，不仅对《诗经》的研究，而且对整个中国古代文学的发展，都产生了深远的影响。

自汉以后，《诗经》主要用于经学。经学是开始于汉代、绵延至清代的一门专攻儒家经典的学问，这门学问的宗旨，是为封建社会的思想教育和理论建设服务，一般以"六经"注我的方式阐发学者的主观思想。

《诗经》作为经学的一科，讲授和研究的主题，自然不是艺术形式而是思想内容。大致说来，汉学重"美、刺"，宋学重"义理"，清代"朴学"重"考据"。

汉唐时期，研究学习《诗经》的典型著作有《毛诗序》、《毛诗郑笺》、《毛诗正义》。汉人在诗的标题下写一篇类似于题解的文字，称为"毛诗序"，《关雎》篇为大序，其余为小序。《诗大序》总论《诗经》，认为诗歌反映政治："治世之音安以乐，其政和；乱世之音怨以怒，其政乖；亡国之音哀以思，其民困。"

《小序》则以史解诗、以诗证史。具体指出各篇的政治背景，或因某事而美某人，因某事而刺某人。所以清人程廷祚《诗论》说："汉儒说诗，不出美刺二端"。到唐代孔颖达《毛诗正义》集《诗经》汉学研究之大成，全面继承了汉儒"美刺"的说法，进一步肯定了《诗经》是一部美刺时政的政治诗集。应该说《诗经》中有一部分诗是与政治有关联的，具有美刺的性质。但不加区别地说每一首诗都是美刺，就过于拘泥了。

宋代以后，已经不满足于汉学只讲美刺的毛郑诗学，转而集中批判"毛诗序"。苏辙《诗集传》、郑樵《诗辨妄》、王质《诗总闻》，代表性的是朱熹的《诗集传》，废序言诗，自由讨论。跳出汉学的窠臼，而讲出了宋学的特色。宋学以理说诗，主性情、主义理。"凡诗之言，善者可以感发人之善心，恶者可以惩创人之逸志，其用归于使人得其性情之正而已"。

这样一来，《诗经》从汉学家的政治教科书转身变成了宋学家的"理学教科书"。宋学的功劳在于指出了《诗经》中存在着大量的与"美刺"无关的民间歌谣。"凡诗之所谓风者，所出于里巷歌谣之作，所谓男女相与咏歌，各言其情者也。"宋学的弊端在于指责这些民间歌谣是"恶为可诫"的淫奔之诗。宋学还有脱离训诂、随意穿凿的毛病。

到了清代，形成了朴学，陈启源《毛诗稽古编》、胡承珙《毛诗后笺》、陈奂《诗毛诗传疏》推崇毛传。其宗毛攻宋的武器就是发扬汉代"汉学"

重视考据的朴实学风，认真地做音韵、文字和词义的工作，所谓"经之至者道也，所以明道者其词也，所以成词者其字也，由字而通其词，由词而通其道"。

清朝后期，一些学者试图开启《诗经》研究的新生面，如姚际恒、崔述、方玉润等，但最终在成果上只有量变而未发生质变。民初有不少著名的《诗经》学家，特别是民国期间"古史辨派"中一些代表学人如郑振铎、郭沫若、闻一多等，干脆以"民歌"的主体视角，多方面阐发《诗经》所蕴含的原始人性乃至野性的"人民性"。

新中国成立后，《诗经》的研究因过于受当时社会背景的局限，其刻意迎合当时社会政治、伦理思潮的功利主义烙印极为明显。陆侃如、冯沅君著《中国诗史》，被称为现代第一部有重要影响的中国诗歌史著。但由于缺乏"根源性特征"这一研究视角，在叙述《诗经》时，对其总体文化价值及文学艺术成就的总结，仍显得浮浅、逼仄和苍白。

当今一些杰出的《诗经》学者，如夏传才、赵敏俐、李炳海、扬之水等，已开始从音韵、音乐节律乃至科学的专门视角另辟研究蹊径，并发表和出版了一些新的专题性论著，研究路径颇为新颖独到。

国外《诗经》研究名家如日本学者家井真、增野弘幸等对《诗经》中具体意象的"个案化"专题研究，美国学者王靖献采用帕利—劳德理论对《诗经》"套语系统"的归纳总结等，均有新的建树。但当下发表的新人论著中也不乏在"诗无达诂"借口下的率意之作，甚至有将"溥彼韩城，燕师所完"中的"韩城"考证为在今朝鲜、韩国境内的一类新见解等等，这样的《诗经》"研究"，正以一种繁荣有序的态势蓬勃发展着。

辅助阅读

诗 经
^ ^ ^

习近平语录："我很不希望把古代经典的诗词和散文从课本中去掉，加入一堆什么西方的东西，我觉得'去中国化'是很悲哀的。应该把这些经典嵌在学生的脑子里，成为中华民族的文化基因。"

本书的阅读，将"嵌入"作为重点，以多视角，多元化，多维度为启动引擎，在阅读时从两个主体部分着眼，就会得到相得益彰的效果。

一、版块辅导

本书共分为六大版块：图解阅读、历史阅读、辅导阅读、原典今读、体验阅读和拓展阅读。

图形是一种视觉语言，它比文字简练、直观、立体，同时也蕴含着丰富的信息。本书的图解阅读部分就是最好的证明，这部分内容是对整本书的结构概括、作者生平以及本书的历史影响及文学地位的直观展示。

接下来是历史阅读，读者可以从这部分概括性的语言中对本书的意义、传承、影响等方面有一个总体的了解。这样，在阅读原著的时候就能够更加轻松的领悟作者的思想精髓。

原典今读是本书的重中之重，它主要由原文、注释、译文等知识版块构成。梳理原文，并对生僻难解的字词进行注释，同时还配有相应的译文，这些都有利于读者理解国学经典的内容。

体验阅读是当我们读完这本经典著作之后的收获和感想，帮助读者理解领悟作品中的思想精髓，指引我们树立正确的人生观，为美好的未来打下基础。

拓展阅读是编者为了满足读者的求知欲望，根据经典图书的内涵与外延总结的知识点，有利于读者更加深入地了解这部作品所没有详细讲解内容的出处。

二、原著辅导

《诗经》是我国第一部诗歌总集，收集了自西周初年至春秋中叶五百多年的诗歌305篇。先秦称为《诗》，或取其整数称《诗三百》、《三百篇》。西汉时被尊为儒家经典，才称为《诗经》，并沿用至今。

《诗经》中《风》、《雅》、《颂》三部分的划分，是依据音乐的不同，也是诗经作品分类的主要依据。

《风》包括了十五个地方的民歌，包括今天山西、陕西、河南、河北、山东一些地方（齐、韩、赵、魏、秦），大部分是黄河流域的民间乐歌，多半是经过润色后的民间歌谣叫"十五国风"，有160篇，是《诗经》中的核心内容。"风"的意思是土风、风谣。

《雅》分为74篇《小雅》和31篇《大雅》，是宫廷乐歌，共105篇。"雅"是正声雅乐，即贵族宴享或诸侯朝会时的乐歌，大雅多为贵族所作，小雅为个人抒怀。固然多半是士大夫的作品，但小雅中也不少类似风谣的劳人思辞，如黄鸟、我行其野、谷风、何草不黄等。

《颂》是宗庙祭祀的乐歌和史诗，内容多是歌颂祖先的功业的。《毛诗序》说："颂者美盛德之形容，以其成功告于神明者也。"这是颂的含义和用途。王国维说："颂之声较风、雅为缓。"（《说周颂》）这是其音乐的特点。分"周颂"31篇、"鲁颂"4篇、"商颂"5篇，共40篇。本是祭祀时颂神或颂祖先的乐歌，但鲁颂四篇，全是颂美活着的鲁僖公，商颂中也有阿谀时君的诗。

作品中还运用了很多表现手法，如赋、比、兴，就是现在所说的修辞。

"赋"按朱熹《诗集传》中的说法，"赋者，敷也，敷陈其事而直言之者也"。就是说，赋是直接铺陈叙述。是最基本的表现手法。如"死生契阔，与子成说。执子之手，与子偕老"，即是直接表达自己的感情。

"比"，用朱熹的解释，是"以彼物比此物"，也就是比喻之意，明喻和暗喻均属此类。《诗经》中用比喻的地方很多，手法也富于变化。如《氓》用桑树从繁茂到凋落的变化来比喻爱情的盛衰；《鹤鸣》用"他山之石，可以攻玉"来比喻治国要用贤人；《硕人》连续用"荑荑"喻美人之手，"凝脂"喻美人之肤，"瓠犀"喻美人之齿，等等，都是《诗经》中用"比"的佳例。

"赋"和"比"都是一切诗歌中最基本的表现手法，而"兴"则是《诗经》乃至中国诗歌中比较独特的手法。"兴"字的本义是"起",因此又多称为"起兴",对于诗歌中渲染气氛、创造意境起着重要的作用。

《诗经》中的"兴",用朱熹的解释,是"先言他物以引起所咏之辞",也就是借助其他事物为所咏之内容作铺垫。它往往用于一首诗或一章诗的开头。有时一句诗中的句子看似比又似兴时,可用是否能用于句首或段首来判断是否是兴。例《卫风·氓》中"桑之未落,其叶沃若"就是兴。

大约最原始的"兴",只是一种发端,同下文并无意义上的关系,表现出思绪无端地飘移联想。就像秦风的《晨风》,开头"鴥彼晨风,郁彼北林",与下文"未见君子,忧心钦钦"云云,很难发现彼此间的意义联系。虽然就这实例而言,也有可能是因时代悬隔才不可理解,但这种情况一定是存在的。就是在现代的歌谣中,仍可看到这样的"兴"。

进一步,"兴"又兼有了比喻、象征、烘托等较有实在意义的用法。但正因为"兴"原本是思绪无端地飘移和联想而产生的,所以即使有了比较实在的意义,也不是那么固定僵板,而是虚灵微妙的。如《关雎》开头的"关关雎鸠,在河之洲",原是诗人借眼前景物以兴起下文"窈窕淑女,君子好逑"的,但关雎和鸣,也可以比喻男女求偶,或男女间的和谐恩爱,只是它的寓意不那么明白确定。

又如《桃夭》一诗,开头的"桃之夭夭,灼灼其华",写出了春天桃花开放时的美丽氛围,可以说是写实之笔,但也可以理解为对新娘美貌的暗喻,又可说这是在烘托结婚时的热烈气氛。由于"兴"是这样一种微妙的、可以自由运用的手法,后代喜欢诗歌含蓄委婉韵致的诗人,对此也就特别有兴趣,各自逞技弄巧,推陈出新,不一而足,构成中国古典诗歌的一种特殊味道。

原作新释

诗
经
∧ ∧ ∧

一、国风

·周南·

关雎

原文

关关雎鸠①，在河之洲②。窈窕淑③女，君子好逑④。

注释

①关关：水鸟叫声。雎（jū）鸠（jiū）：一种水鸟名。
②洲：水中沙滩。
③窈窕：容貌美好。淑：品德善良。
④君子：《诗经》中对贵族男子的通称。逑：配偶。好逑：即佳偶。

译文

雎鸠关关叫得欢，成双成对在河滩。美丽贤良的女子，正是我的好伴侣。

原文

参差荇菜①，左右流②之。窈窕淑女，寤寐求之。

注释

①荇（xìng）菜：草本植物，叶浮于水面。
②流：择取。

译文

长短不齐水荇菜，左右采摘忙不停。美丽贤良的女子，做梦也在把她思。

原文

求之不得，寤寐思服①。悠哉悠②哉，辗转反侧。

注释

①思：语助。服：思念。
②悠：忧思貌。

译文

追求她却不可得，日夜思念在心间。想啊想啊心忧伤，翻来覆去欲断肠。

原文

参差荇菜，左右采之。窈窕淑女，琴瑟友①之。

注释

①友：亲爱。

译文

长短不齐水荇菜，左边右边到处采。美丽贤良的女子，弹琴鼓瑟永相爱。

原文

参差荇菜，左右芼①之。窈窕淑女，钟鼓乐之。

注释

①芼（mào）：拔。

译文

长短不齐水荇菜，左边右边到处采。美丽贤良的女子，鸣钟击鼓乐她怀。

葛　覃

原文

葛之覃①兮，施②于中谷，维叶萋萋③。黄鸟于④飞，集于灌木，其鸣喈喈⑤。

全民
阅读：国学经典无障碍 悦读书系

注释

①葛：多年生草本，可织布。覃（tán）：延长。

②施（yì）：伸展。

③维：发语词。萋萋：茂盛貌。

④于：语助。

⑤喈（jiē）喈：鸟鸣声。

译文

葛藤枝叶长又长，漫山遍野都生长，嫩绿叶子水汪汪。小鸟展翅来回飞，纷纷停落灌木上，唧唧啾啾把歌唱。

原文

葛之覃兮，施于中谷，维叶莫莫①。是刈是濩②，为𫄨为绤③，服之无斁④。

注释

①莫莫：茂盛貌。

②刈（yì）：割。濩（huò）：煮。

③𫄨（chī）：细葛布。绤（xì）：粗葛布。

④斁（yì）：厌恶。

译文

葛藤枝叶长又长，漫山遍野都生长，嫩绿叶子多又壮。收割水煮活儿忙，细布粗布分两样，做成新衣常年穿。

原文

言告师氏①，言告言归②。薄污我私③，薄浣我衣。害浣害否④，归宁父母。

注释

①言（yān）：语首助词。师氏：贵族家中管教女奴的女师。

②归：回娘家。

③薄：语助词，含有勉励之意。污（wù）：去污，洗净。私：内衣。

④害（hé）：通"何"，疑问词。浣（huàn）：洗。否：指不洗。

译文

走去告诉我女师，我要探亲回娘家。内衣勤洗要勤换，外衣勤洗好常穿。一件一件安排好，干干净净见爹娘。

桃　夭

原文

桃之夭夭①，灼灼②其华。之子于归③，宜其室家④。

注释

①夭夭：茂盛貌。

②灼灼：鲜明貌。

③之子：这个人。于归：女子出嫁。

④宜：和顺。室家、家室、家人：均指家庭。

译文

桃树繁茂，桃花灿烂。女子出嫁，和美一家。

原文

桃之夭夭，有蕡①其实。之子于归，宜其家室。

注释

①有：语助词。蕡（fén）：果实繁盛貌。

译文

桃树繁茂，果实丰硕。女子出嫁，幸福一家。

原文

桃之夭夭，其叶蓁蓁①。之子于归，宜其家人。

注释

①蓁蓁（zhēn）：草木茂盛貌。

译文

桃树繁茂，枝叶浓密。女子出嫁，快乐一家。

·召 南·

鹊 巢

原文

维鹊有巢，维鸠居之。之子于归，百两御①之。

注释

①两：辆。御（yà）：迎亲、迎接。

译文

喜鹊筑好巢，斑鸠来居住。女子要出嫁，百车相迎娶。

原文

维鹊有巢，维鸠方①之。之子于归，百两将②之。

注释

①方：占居。
②将：送。

译文

喜鹊筑好巢，斑鸠来居住。女子要出嫁，百车相护送。

原文

维鹊有巢，维鸠盈之。之子于归，百两成①之。

注释

①成：完成婚礼，指举行礼仪成婚。

译文

喜鹊筑好巢，斑鸠来居住。女子要出嫁，百车成就她。

行 露

原文

厌浥行①露。岂不②夙夜？谓③行多露。

注释

①厌浥（yì）：湿淋淋的。行（háng）：道路。

②岂不：难道不想。

③谓：同"畏"。与下文的"谓"不同义。

译文

道上露水湿纷纷。难道不想行五更？只怕晨露湿我身。

原文

谁谓雀无角①？何以穿我屋？谁谓女②无家？何以速我狱③？虽速我狱，室家不足！

注释

①角（lù）：鸟嘴。

②女（rǔ）：通"汝"。

③速：召。狱：讼，打官司。

译文

谁言麻雀没有嘴？如何穿入我屋中？谁说你还没成家？为何害我见官家？即便使我入牢狱，要想娶我万不能。

原文

谁谓鼠无牙？何以穿我墉①？谁谓女无家？何以速我讼？虽速我讼，亦不女从！

注释

①墉（yōng）：墙。

译文

谁言老鼠没有牙？如何在我墙上爬？谁说你还没成家？为何害我见官家？虽然使我遭诉讼，要想娶我万不从！

羔 羊

原文

羔羊之皮①，素丝五纪②。退食自公③，委蛇委蛇④！

注释

①皮（pí）、革（qì）、缝：毛皮或皮袄。
②素丝：白蚕丝。纪（tuó）：量词，丝数。
③退食自公、自公退食（sì）：从公府回家中进餐。
④委蛇（yí）：逶迤。洋洋自得貌。

译文

羔羊皮袄蓬松松，白色丝带作纽扣。退出公府吃饭去，摇摇摆摆好自得。

原文

羔羊之革，素丝五绒①。委蛇委蛇，自公退食！

注释

①绒（yù）：丝数。

译文

羔羊皮袄毛绒绒，白色丝带作纽扣。洋洋自得出公府，回到家里去吃饭。

原文

羔羊之缝，素丝五总①。委蛇委蛇，退食自公！

注释

①总：丝数。

译文

羔羊皮袄热烘烘，白色丝带作纽扣。洋洋自得出公府，回到家里吃饭去。

殷 其 雷

原文

殷①其雷，在南山之阳②。何斯违斯③，莫敢或遑④？振振君子，归哉归哉！

注释

①殷：雷声。通"隐"。
②阳：山之南坡。
③违：离别。斯：含此人此地之意。
④或：有。遑：闲暇。

译文

雷声隐隐响隆隆，好像就在南山南。为何才回又要走，不敢稍稍有闲暇？诚实忠厚心上人，妻在家里盼你归！

原文

殷其雷，在南山之侧。何斯违斯，莫敢遑息？振振①君子，归哉归哉！

注释

①振（zhēn）振：忠诚老实貌。

译文

隐隐雷声隆隆响，好像就在南山旁。为何才回又启程，不敢稍稍暂休整？诚实忠厚心上人，妻在家里盼你归！

原文

殷其雷，在南山之下。何斯违斯，莫敢遑处①？振振君子，归哉归哉！

注释

①处：居住，停留。

译文

雷声隐隐隆隆响，好像就在南山下。为何才聚又离别，不敢稍稍作停歇？诚实忠厚心上人，妻在家里盼你归！

摽 有 梅

原文

摽有①梅，其实七②兮！求我庶③士，迨④其吉兮！

注释

①摽（biào）：坠落。有：助词。

②七：十分之七。后文中的三指十分之三。

③庶：众。

④迨：及，趁着。

译文

枝头梅子落纷纷，树上还留有七成！追求我的小伙子，不要错过好时辰！

原文

摽有梅，其实三兮！求我庶士，迨其今兮！

译文

枝头梅子落纷纷，树上只留有三成！追求我的小伙子，今天就是好时辰！

原文

摽有梅，倾筐塈①之！求我庶士，迨其谓②之！

注释

①塈（jì）：取。

②渭：通"归"，指女子出嫁。

译文

梅子全部落下来，倾尽筐子让他取！追求我的小伙子，趁着时机嫁给他！

小 星

原文

嘒①彼小星，三五②在东。肃肃宵征③，夙夜在公。寔④命不同！

注释

①嘒（huì）：形容光芒微弱，闪闪烁烁。

②三：即参星，它由三颗星组成。五：即昴星，它由五颗星组成。

③宵征：夜晚赶路。

④寔：即"实"，此。

译文

小小星星闪微光，三三五五在东方。有人匆忙赶夜路，日日夜夜在公堂。只因命运不一样。

原文

嘒彼小星，维参与昴。肃肃宵征，抱衾与裯①，寔命不犹②！

注释

①衾（qīn）：被子。裯（chóu）：被单。

②不犹：不一样。

译文

小小星星闪微光，参星昴星在天上。有人匆忙赶夜路，抛开温暖被和褥。只因命运不一样！

驺 虞

原文

彼茁者葭①，壹发五豝②，于嗟乎驺虞③！

注释

①葭（jiā）：芦苇。

②壹：发语词。豝（bā）：幼小的母猪。

③驺（zōu）虞：古时司牧猎的官吏。

译文

芦苇茂盛真茁壮，（他）发箭射杀五头猪，多可恶的驺虞啊！

原文

彼茁者蓬①，壹发五豵②，于嗟乎驺虞！

注释

①蓬：蓬草。

②豵（zōng）：小猪或小兽。

译文

蓬蒿丛丛真茂盛，五头小猪瞬间杀，多可恨的驺虞啊！

·邶 风·

柏 舟

原文

汎①彼柏舟，亦汎其流。耿耿不寐，如有隐忧。微②我无酒，以敖③以游。

注释

①汎（fàn）：同"泛"。

②微：不是。

③以：于此。敖：通"遨"。

译文

划着小小柏木舟，飘来荡去到中流。惴惴不安难入睡，如有忧愁在心头。并非手中没有酒，举起痛饮自在游。

原文

我心匪鉴①，不可以茹②。亦有兄弟，不可以据③。薄言往愬④，逢彼之怒。

注释

①匪：非。鉴：明镜。

②茹（rú）：猜想，忖度。

③据：依靠。

④愬（sù）：告诉。

译文

我心不是青铜镜，善恶很难都辨清。虽有亲兄弟同胞，心难沟通不能靠。满心痛苦去倾诉，他们无情很恼怒。

原文

我心匪石，不可转也。我心匪席，不可卷也。威仪棣棣①，不可选也。

注释

①棣棣：雍容娴雅貌。

译文

我心不比那方石，不能挪动又转移。我心不比芦苇席，不能随手便卷起。你的气宇很轩昂，我心不会选他人。

原文

忧心悄悄①，愠②于群小。觏闵③既多，受侮不少。静言思之，寤辟有摽④。

注释

①悄悄：苦愁状。

②愠（yùn）：怨恨。

③觏（gòu）：通"遘"。闵（mǐn）：忧患。

④辟：用手按心口，喻心痛。摽（biào）：打

译文

满腹愁苦心焦虑，怨愤小人恨难消。遭遇祸患实在多，历经屈辱也不少。静静细思此间事，捶胸不眠真难熬。

原文

日居月诸①，胡迭而微②？心之忧矣，如匪浣③衣。静言思之，不能奋飞。

注释

①居、诸：助词。

②迭：更替。微：日月亏缺。

③浣（huàn）：洗。

译文

可恨太阳与月亮，为何亏缺无光芒？心中忧虑难舒畅，犹如没洗脏衣裳。静静细思从前事，不能上天任翱翔。

凯　风

原文

凯风①自南，吹彼棘心②。棘心夭夭③，母氏劬④劳。

注释

①凯风：和风。
②棘心：棘薪。
③夭夭：树枝倾屈貌。
④劬（qú）：劳。

译文

和风从南到，吹那嫩棘条。枝条随风屈，母亲多操劳。

原文

凯风自南，吹彼棘薪。母氏圣善，我无令人①。

注释

①令：有善德。

译文

和风从南到，吹那棘枝条。母亲敏且善，无奈儿不孝。

原文

爰有寒泉？在浚之下。有子七人，母氏劳苦。

译文

寒泉何处有？就在浚城处。儿子有七人，母亲却劳苦。

原文

睍睆①黄鸟，载②好其音。有子七人，莫慰母心。

注释

①睍（xiàn）睆（huǎn）：拟声词，指黄莺的叫声。

②载：则。"载好其音"即"其音则好"。

译文

婉转黄鹂音，歌声真动人。儿子有七人，无人慰母心。

雄　雉

原文

雄雉于飞，泄泄其羽①。我之怀矣，自诒伊阻②。

注释

①泄（yì）泄：徐徐飞翔的样子。

②诒（yí）：遗留。伊：此。阻：艰难，忧患。

译文

美丽雄雉比翼飞，舒展双翅上蓝天。我在思念心上人，自留忧患在心间。

原文

雄雉于飞，下上其音。展①矣君子，实劳我心。

注释

①展：诚实。

译文

美丽雄雉比翼飞，鸣声起伏在林间。诚实善良心上人，使我无时不思念。

原文

瞻彼日月，悠悠我思。道之云^①远，曷云能来？

注释

①云：语助词。

译文

日子一天又一天，思君不断情缠绵。路途遥遥千万里，何日归来重相见？

原文

百^①尔君子，不知德行？不忮^②不求，何用不臧^③？

注释

①百尔：所有。

②忮（zhì）：忌恨。

③臧（zāng）：善。

译文

诸位君子听分明，你们岂不知德行？我夫不忌又不贪，为何没有好命运？

匏有苦叶

原文

匏有苦^①叶，济有深涉^②。深则厉^③，浅则揭^④。

注释

①匏（páo）：葫芦。苦同"枯"。

②涉：渡口。

③厉：连衣下水渡河。

④揭：提衣裳。

译文

枯叶葫芦绑腰上，不怕济河大水涨。水深连衣趟过去，水浅过河提衣裳。

原文

有㳽①济盈，有鷕雉鸣，济盈不濡轨②，雉鸣求其牡。

注释

①㳽（mǐ）：水满。有：发语词。
②轨：车轴头。

译文

大水茫茫济水涨，山鸡声声叫得响。河水虽涨不湿轴，雉啼原是唤配偶。

原文

雝雝鸣雁①，旭日始旦，士如归妻，迨冰未泮②。

注释

①雝（yōng）雝：鸟和鸣声。
②泮（pàn）：合。即冰冻满河。

译文

大雁声声叫得欢，朝阳初升在东方。恋人若想娶我走，河水未冻好时光。

原文

招招舟子，人涉卬否①。人涉卬否，卬须我友。

注释

①卬（áng）：我。妇女自称。否（pǐ）：不。

译文

船上艄公手相招，别人渡河我偏留。别人渡河我偏留，我要等着男朋友。

谷　风

原文

习习①谷风，以阴以雨②。黾勉③同心，不宜有怒。采葑采菲，无以下体④？德音莫违，及尔同死。

注释

①习习（sà）：风声。

②以阴以雨：喻男子变心。

③黾（mǐn）勉：尽力。

④以：用。下体：喻人内在本质。

译文

谷风习习阵阵吹，阴雨无常变了天。尽力与君一条心，宜将恼怒抛一边。蔓菁萝卜都要采，难道真情你不见？不离不弃是美德，与君同死心相连。

原文

行道迟迟①，中心有违②。不远伊迩③，薄送我畿④。谁谓荼苦？其甘如荠。宴尔新昏，如兄如弟。

注释

①迟迟：徘徊不前。

②违：积怨。

③伊：发语词。迩（ěr）：近。

④薄：发语词。畿（jī）：门槛。

译文

行人路上步履缓，心中有怨难消散。非是迢迢万里程，却只送到大门坎。谁说苦菜味最苦，也曾甘甜如荠菜。你们新婚燕尔时，亲亲密密似兄弟。

原文

泾以渭浊，湜湜其沚①。宴尔新昏，不我屑以。毋逝我梁，毋发②我笱。我躬不阅③，遑恤④我后！

注释

①湜（shí）湜：水清见底。沚（zhǐ）：河湾。

②发：乱动。

③躬：亲身。阅：爱。

④遑：何。恤：爱惜。

译文

泾水搅得渭水浊，河湾见底水清清。只因新婚迷着你，不再与我来相亲。别到我的鱼梁上，别用我的竹鱼筐。可怜此处难容身，自此我能去何方！

原文

就①其深矣，方之舟之。就其浅矣，泳之游之。何有何亡，黾勉求之。凡民有丧，匍匐救之。

注释

①就：遇见。

译文

过河遇见水深处，乘舟撑船来过渡。过河遇见水浅时，下水游泳到彼岸。家中何有何已无，勤勉操持多兼顾。邻人或会有急难，尽心尽力去帮助。

原文

能不我慉①，反以我为雠②。既阻我德，贾③用不售。昔育恐育鞫，及尔颠覆。既生既育，比予于毒。

注释

①慉（xù）：养。

②雠（chóu）：同"仇"。

③贾（gǔ）：交易。

译文

不再细心爱悦我，反而视我为仇敌。种种美德无人睐，有如货物无处卖。昔日初婚常畏惧，任你颠鸾又倒凤。如今生儿又育女，却将我来比毒物。

原文

我有旨①蓄，亦以御冬。宴尔新昏，以我御穷。有洸有溃②，既诒我肄③。不念昔者，伊余来墍④。

注释

①旨：甘美。

②洸（guāng）：动武。溃（kuì）：怒骂。

③肄（yì）：劳苦之事。

④墍（jì）：取，同"娶"。

译文

我留美菜一坛坛，季节变换好过冬。新娶之人迷着你，夺我积蓄挡贫穷。对我又打又是骂，繁重家务一重重。不念往昔吉庆日，也曾痴爱将我娶。

式 微

原文

式微，式微①！胡不归？微②君之故，胡为乎中露③！

注释

①式：发语词。微：黄昏。

②微：非。

③中露：露中。倒文使协韵。

译文

天已暮，天已暮！为何不能回家住？如果不是服侍你，哪会露中吃尽苦！

原文

式微，式微！胡不归？微君之躬，胡为乎泥中！

译文

天已暮，天已暮！为何不能回家住？如果不是侍候你，哪会泥中服劳务！

泉　水

原文

毖彼泉水①，亦流于淇。有怀于卫，靡日不思。娈彼诸姬②，聊与之谋。

注释

①毖（bì）：泉水流貌。
②娈：美好。姬：未嫁之女。

译文

泉水汩汩向前流，流于滔滔淇水中。心怀故乡是卫国，没有一刻不思归。众家姐妹皆美貌，细诉心曲来共谋。

原文

出宿于沛，饮饯于祢。女子有行①，远父母兄亲。问我诸姑②，遂及伯姊。

注释

①有行：出嫁。
②诸姑：一些未嫁姐妹。

译文

我想沛地可住宿，祢水之滨饮美酒。可叹出嫁已数年，远离父母和诸兄。问候我的亲姐妹，转问表姐众亲友。

原文

出宿于干，饮饯于言。载脂载辖①，还车言迈。遄臻②于卫，不瑕有害③？

注释

①辖（xiá）：车轴两头的金属键。

②遄（chuán）：迅疾。臻（zhēn）：至。

③瑕：同"遐"，远。

译文

回国再经干地宿，言地饯客饮美酒。把我车轴涂满油，重坐嫁车往回走。车马迅疾赴卫都，路途不远何不可？

原文

我思肥泉，兹之永叹。思须与漕，我心悠悠。驾言出游，以写①我忧。

注释

①写（xiè）：通"泻"，宣泄。

译文

我思肥泉在故国，为此长叹不能休。思念须城与漕邑，别绪悠悠情意稠。驾驶马车快出城，借此排除心中忧。

二子乘舟

原文

二子乘舟，泛泛其景①。愿②言思子，中心养养③。

注释

①泛（fàn）泛：漂浮貌。景：通"影"。

②愿：思念。

③养养：忧虑不安。

译文

两个孩子乘小舟，飘飘荡荡随波殁。父母念子意切切，心中荡起无限愁。

原文

二子乘舟，泛泛其逝。愿言思子，不瑕有害^①？

注释

①瑕：通"遐"，远行。害（hé）：何不。

译文

两个孩子乘小舟，飘飘荡荡逐逝波。父母念子意绵绵，不去岂能沉水没？

·鄘 风·

柏 舟

原文

泛彼柏舟，在彼中河。髧彼两髦①，实维我仪②，之死矢靡③它。母也天只！不谅人只！

注释

①髧（dàn）：发垂貌。髦（máo）：古代称未成年幼儿下垂至眉的短发。

②仪：配偶。后"特"同义。

③矢：发誓。靡：无，没有。

译文

小小柏木船，浮在河中间。双髦齐眉垂，为我好伴侣，至死心不变。娘亲与老天，不知我心愿！

原文

泛彼柏舟，在彼河侧。髧彼两髦，实维我特，之死矢靡慝①。母也天只②！不谅人只！

注释

①慝（tè）：恶念，即变心。

②也、只：语气词。

译文

小小柏木船，浮在河之畔。双髦齐眉垂，为我好侣伴，至死心不变。娘亲与老天，不知我心愿！

君子偕老

原文

君子偕老，副笄六珈①。委委佗佗②，如山如河，象服是宜③。子之不淑，云如之何？

注释

①副：覆，又称步摇，一种头饰。笄（jī）：簪。珈（jiā）：饰玉。

②委委佗佗（tuó）：形容走路姿态之美。

③象服：古代贵妇所穿礼服，绘有图形彩饰。宜：舍身。

译文

你是君子身边人，满头珠光宝气生。雍容自得好举止，如山如河不可侵，华服鲜艳正舍身。可叹没有好品德，只靠华贵怎能行？

原文

玼兮玼①兮，其之翟也②。鬒③发如云，不屑髢④也。玉之瑱⑤也，象之掦⑥也，扬且之皙也⑦。胡然而天也？胡然而帝也？

注释

①玼（cǐ）：花纹绚丽。下文"瑳（cuō）"意同。

②翟（dí）：山鸡。

③鬒（zhěn）：密而长的黑发。

④髢（tì）：假发。

⑤瑱（tiàn）：耳坠。

⑥掦（tí）：剔发针。

⑦扬，额角。皙：白嫩光泽。

译文

锦衣彩纹艳如花，绣上山鸡似云霞。黑发如盖已风流，不屑假发戴上头。双耳坠子尽珠玉，象牙劈为别发针，前额白皙确动人。怎似神女从天降？莫非天仙下凡尘？

原文

瑳兮瑳兮，其之展也。蒙彼绉绨，是绁袢①也。子之清扬，扬且之颜也。
展②如之人兮，邦之媛也！

注释

①展、绉绨（chī）、绁袢（xiè pàn）：分指上衣，中衣，内衣。
②展：即"亶"，诚然，真正的。

译文

艳丽服装美如花，一层外衣值百千。细葛绉纱内里穿，添上夏日白内衫。双
眸清秀眉飞扬，额角方广容颜靓。世间此女真难寻，倾国倾城美娇娘！

·卫 风·

淇 奥

原文

瞻彼淇奥①，绿竹猗猗②。有匪③君子，如切如磋，如琢如磨。瑟兮僴④兮，赫兮咺⑤兮。有匪君子，终不可谖⑥兮！

注释

①奥（yù）：通"澳"，水流回转之处。

②猗猗（yī）：长而美貌。

③匪：通"斐"。有文采貌。

④瑟：庄重貌。僴（xiàn）：宽大貌。

⑤赫、咺（xuān）：有威仪貌。

⑥谖（xuān）：忘。

译文

看那淇水河湾，翠竹挺立修长。有位美貌君子，骨器象牙切磋，翠玉奇石琢磨。气宇庄重轩昂，举止威武大方。有此英俊君子，如何能不想他！

原文

瞻彼淇奥，绿竹青青。有匪君子，充耳琇莹，会弁如星①。瑟兮僴兮，赫兮咺兮。有匪君子，终不可谖兮！

注释

①会（kuài）、弁（biàn）：会，缝合处。弁，鹿皮帽。

译文

看那淇水河湾，翠竹青青葱葱。有位美貌君子，耳嵌美珠似银，帽缝宝石如星。气宇庄重轩昂，举止威武大方。有此英俊君子，如何能不想他！

原文

瞻彼淇奥，绿竹如箦①。有匪君子，如金如锡，如圭如璧。宽兮绰兮②，猗重较③兮。善戏谑④兮，不为虐兮！

注释

①箦（zé）：丛聚貌。

②宽、绰：形容心地开阔，有宽大之怀。

③猗（yī）：倚立。重较（chóng jué）：卿士所乘之车。

④戏谑：用趣话开玩笑。

译文

看那淇水河湾，翠竹聚合竞茂。有位美貌君子，好似金银璀璨，有如圭璧温润。气宇旷达宏大，倚乘卿士华车。妙语如珠活跃，十分体贴温和！

竹　竿

原文

籊籊①竹竿，以钓于淇。岂不尔思？远②莫致之。

注释

①籊（tì）籊：竹长而锐。

②远（yuàn）：远离。

译文

竹竿细长尖又尖，拿它垂钓淇水边。心中哪能不想你？只因路远难转回。

原文

泉源在左，淇水在右。女子有行，远父母兄弟。

译文

泉水清清在左边，淇河滚滚奔右方。女子无奈出了嫁，父母兄弟隔天涯。

原文

淇水在右，泉源在左。巧笑之瑳①，佩玉之傩②。

注释

①瑳（cuō）：以玉形容齿白光洁。

②傩（nuó）：通"娜"。

译文

淇河滚滚在右方，泉水清清流左边。嫣然一笑玉齿露，身着佩玉风姿柔。

原文

淇水滺滺①，桧楫松舟。驾言出游，以写我忧。

注释

①滺（yōu）滺：河水流淌的样子。

译文

淇水潺潺水悠悠，桧木作桨松作舟。驾着小船水中游，泻我心中重重忧。

木 瓜

原文

投我以木瓜，报之以琼琚①。匪报也，永以为好也！

注释

①琼琚（jū）、琼瑶、琼玖（jiǔ）：皆为佩玉。

译文

赠我一个木瓜，我送琼琚给她。不是作为报答，只为想要娶她。

原文

投我以木桃，报之以琼瑶。匪报也，永以为好也！

译文

赠我一个木桃，我送美玉琼瑶。不是作为报答，只为永远相好！

原文

投我以木李，报之以琼玖。匪报也，永以为好也！

译文

赠我一个木李，我送琼玖为礼。不是作为报答，只为永不离弃！

·王　风·

黍　离

原文

彼黍离离①，彼稷之苗。行迈靡靡②，中心摇摇③。知我者，谓我心忧；不知我者，谓我何求。悠悠苍天，此何人哉？

注释

①离离：行列貌。

②迈：行走。靡靡：步缓貌。

③摇摇：心神不安。

译文

黍子齐整一行行，稷苗青青长得壮。走起路来步迟疑，心神不安人悲伤。知我之人说我忧，不知之人问何求。悠悠苍天你在上，是谁使我如此愁？

原文

彼黍离离，彼稷之穗。行迈靡靡，中心如醉。知我者，谓我心忧；不知我者，谓我何求。悠悠苍天，此何人哉？

译文

黍子齐整一行行，稷穗黄黄长得壮。走起路来步迟疑，如痴如醉更彷徨。知我之人说我忧，不知之人问何求。悠悠苍天你在上，是谁使我如此愁？

原文

彼黍离离，彼稷之实。行迈靡靡，中心如噎①。知我者，谓我心忧；不知我者，谓我何求。悠悠苍天，此何人哉？

注释

①噎（yē）：忧闷极深，不能呼吸。

译文

黍子齐整一行行，稷实累累长得壮。走起路来步迟疑，可怜心中闷得慌。知我之人说我忧，不知之人问何求。悠悠苍天你在上，是谁使我如此愁？

君子于役

原文

君子于役，不知其期，曷①至哉？鸡栖于埘②，日之夕矣，羊牛下来。君子于役，如之何勿思！

注释

①曷：何时。
②埘（shí）：泥砌的鸡窝。

译文

夫君去服役，遥遥无定期，回家在何时？鸡子宿了窝，日头已下落，羊牛走下坡。夫君去服役，心中岂不思！

原文

君子于役，不日不月。曷其有佸①？鸡栖于桀②，日之夕矣，羊牛下括③。君子于役，苟无饥渴！

注释

①佸（huó）：相会：
②桀（jié）：木制的鸡窝。
③括：通"佸"，来，聚会。

译文

夫君去服役，遥遥无定期，何时回家来？鸡子宿了窝，日头已下落，羊牛走下坡。夫君去服役，愿他无饥渴！

君子阳阳

原文

君子阳阳①，左执簧，右招我由房②，其乐只且③！

注释

①阳阳：通"洋洋"。

②由：从，入。

③只且（jū）：语助。

译文

君子喜洋洋，左手持笙簧，右手招我进卧房，其情实欢畅！

原文

君子陶陶①，左执翿②，右招我由敖③，其乐只且！

注释

①陶陶：快乐貌。

②翿（dào）：羽旄制成的舞具。

③敖：嬉戏。

译文

君子乐陶陶，左手掣着鸟羽旄，右手招我同舞蹈，其乐实逍遥！

采 葛

原文

彼采葛兮，一日不见，如三月兮！

译文

采葛好姑娘，一日不相见，好似三月长！

原文

彼采萧①兮，一日不见，如三秋②兮！

注释

①萧：蒿的一种。
②三秋：此处应为三季，即九个月。

译文

采萧好姑娘，一日不相见，犹似三季长！

原文

彼采艾兮①，一日不见，如三岁兮！

注释

①艾：即香艾。

译文

采艾好姑娘，一日不相见，竟似三年长！

大　车

原文

大车槛槛①，毳衣如菼②。岂不尔思？畏子不敢。

注释

①槛槛（kǎn）：车行声。
②毳（cuì）衣：古代冕服。如菼（tǎn）：如葭之绿。菼，初生之荻。

译文

大车行槛槛，锦衣绿惹眼。难道不想你，怕你不果断。

原文

大车哼哼①，毳衣如璊②。岂不尔思？畏子不奔。

注释

①嗥嗥（tūn）：车行声。

②璊（mén）：赤玉。

译文

大车行沉重，锦衣如红玉。难道不想你，怕你不跟从。

原文

穀①则异室，死则同穴。谓予不信，有如皦日②。

注释

①穀：生长。

②皦（jiǎo）：同"皎"，明亮。

译文

活着不同房，死时同穴葬。你若不相信，太阳在天上。

·郑　风·

缁　衣

原文

缁衣①之宜兮，敝，予②又改为兮。适子之馆③兮，还，予授子之粲兮④。

注释

①缁（zī）衣：黑衣。
②敝：破旧。予：而。
③馆：馆舍。
④粲：餐，食品。

译文

黑衣穿上很合身，旧了为你缝新衣。到你馆舍来照看，给你送来好食品。

原文

缁衣之好兮，敝，予又改造兮。适子之馆兮，还，予授子之粲兮。

译文

黑衣穿上真好看，旧了再把新衣换。到你馆舍来照看，给你送来好食品。

原文

缁衣之席①兮，敝，予又改作兮。适子之馆兮，还，予授子之粲兮。

注释

①席：宽大。

译文

黑衣穿上多宽大，旧了再做也不差。到你馆舍来照看，给你送来好食品。

大叔于田

原文

叔于田，乘乘马①。执辔如组，两骖如舞。叔在薮②，火烈具举。襢裼暴③虎，献于公所。将叔无狃④，戒其伤女。

注释

①乘（chéng）乘（shèng）马：乘，驾。乘马，四马拉车。

②薮（sǒu）：沼泽丛林。

③襢裼（tǎn xī）：赤膊。暴（bó）：即搏。

④狃（niǔ）：习惯。

译文

阿叔山林去打猎，驾着四匹马拉车。手执马辔如轻丝，两匹骖马奔若舞。阿叔打猎在沼泽，熊熊火把一齐举。赤膊上前杀猛虎，献于君王官室中。请勿习惯频狩猎，防备猛虎将你伤。

原文

叔于田，乘乘黄。两服上襄①，两骖雁行。叔在薮，火烈具扬。叔善射忌②，又良御忌。抑磬控忌③，抑纵送④忌。

注释

①服：一车驾四马，居中两匹称服。襄（xiāng）：驾。

②忌：助词。

③抑：助词。磬（qīng）：驰马。控：止马。

④纵：射箭。送：逐兽。

译文

阿叔山林去打猎，驾着栗黄马拉车。两匹服马驾前辕，两匹骖马如飞雁。阿叔打猎在沼泽，熊熊火把起烈焰。阿叔善于发弓箭，又会驾马四周旋。阿叔驰骋制烈马，一箭如飞逐禽兽。

原文

叔于田，乘乘鸨①。两服齐首，两骖如手。叔在薮，火烈具阜②。叔马慢忌，叔发③罕忌。抑释掤忌④，抑鬯弓忌⑤。

注释

①鸨（bǎo）：黑白杂毛马，又称乌骢。

②阜（fù）：燃烧。

③发：射箭。

④释：打开。掤（bīng）：箭筒盖。

⑤鬯（chàng）：盛弓袋。此谓将弓装于弓袋。

译文

阿叔山林去打猎，驾着花骢马拉车。两只服马并驾驱，两匹骖马如双手。阿叔打猎在沼泽，火把燃烧真炽烈。阿叔驾马徐行渐缓慢，弯弓发箭也渐罕。揭开盖来装好箭，解开弓袋将弓掩。

清 人

原文

清①人在彭，驷介旁旁②。二矛重英③，河上乎翱翔。

注释

①清：郑国城邑。

②驷：驾车的四马。介：甲。旁旁：同"彭彭"，强壮貌。

③英：即"缨"。

译文

清人在彭守边防，驷马披甲真强壮。两只长矛重重缨，立于河上任飞翔。

原文

清人在消，驷介麃麃①。二矛重乔②，河上乎逍遥。

注释

①麃（biāo）麃：英武貌。
②乔：同"英"。

译文

清人在消守边戌，驷马披甲真英武。两只长矛重重缨，立于河上多逍遥。

原文

清人在轴，驷介陶陶①。左旋右抽，中军作好②。

注释

①陶（dào）陶：驱驰貌。
②作好：武艺高超。

译文

清人在轴驻边守，驷马披甲任奔走。左旋右转抽军刀，中军主帅本领高。

羔　裘

原文

羔裘如濡①，洵直且侯②。彼其之子，舍命不渝③。

注释

①濡：润泽。
②侯：美好。
③渝：变。

译文

羔皮润泽作长袍，确是舒直又美妙。辛辛苦苦的大臣，拼死为国不变心。

原文

羔裘豹饰，孔武有力。彼其之子，邦之司直①。

注释

①司直：负责察人过失的官吏。

译文

皮袍袖口饰豹皮，显出勇武有神力。勤勤勉勉的大臣，维护法纪要靠你。

原文

羔裘晏①兮，三英粲②兮。彼其之子，邦之彦也③。

注释

①晏（yàn）：鲜盛貌。

②粲：色彩艳丽。

③彦：美士。

译文

羔皮长袍美无比，三列豹饰好鲜丽。风流俊秀的大臣，国之美士数第一。

山有扶苏

原文

山有扶苏，隰①有荷华。不见子都②，乃见狂且③。

注释

①隰（xí）：洼地。

②子都、子充：同一恋人，实为所见男子。

③狂：粗狂之人。且（jū）：语助词。

译文

山上植满扶苏树，洼地开遍鲜荷花。不见子都情哥哥，碰上你这坏家伙。

原文

山有乔松，隰有游龙①。不见子充，乃见狡童。

注释

①游龙：红草，水荭。

译文

山上种满马尾松，洼地低湿生水荭。不见子充情哥哥，碰上你这小顽童。

萚 兮

原文

萚兮萚兮①，风其吹女②。叔兮伯③兮，倡予和④女。

注释

①萚（tuó）：落地叶。

②女：汝，你。

③叔、伯：男子之谓。

④倡：唱。和（hè）：和谐地伴唱。

译文

树叶落地叶叶黄，风儿吹你萧萧响。我的哥哥好情郎，你来领歌我和唱。

原文

萚兮萚兮，风其漂①女。叔兮伯兮，倡予要②女。

注释

①漂：同"飘"。

②要（yāo）：相约，相伴。

译文

树叶落地叶叶黄，风儿飘你飞四方。我的哥哥好情郎，你来领歌我伴唱。

东门之墠①

原文

东门之墠，茹藘在阪②。其室则迩，其人甚远。

注释

①墠（shàn）：土坪。
②茹藘（rú lǚ）：茜草。阪（bǎn）：山坡。

译文

东门之外有土坪，山坡茜草绿茵茵。可叹那家虽很近，那人却远难相亲。

原文

东门之栗，有践家室①。岂不尔思？子不我即②。

注释

①践：陈列整齐。
②即：接触。

译文

东门之外栗树生，屋宇楼阁齐整整。怎么不在想着你？你不主动来亲近。

风　雨

原文

风雨凄凄，鸡鸣喈喈①。既见君子，云胡不夷②？

注释

①喈喈（jiē）：犹"唧唧"。
②夷：平，和，满足。

译文

风雨凄凄秋夜长，鸡鸣声声天始亮。既见君子来相会，心中哪得不欢畅？

原文

风雨潇潇，鸡鸣胶胶①。既见君子，云胡不瘳②？

注释

①胶胶：犹"啾啾"。
②瘳（chōn）：病愈。

译文

风雨潇潇秋夜长，鸡鸣声声音胶胶。既见君子来相会，心病哪能不见好？

原文

风雨如晦，鸡鸣不已①。既见君子，云胡不喜？

注释

①不已：不停。

译文

风雨晦暗秋夜长，鸡鸣声声不停息。既见君子来相会，心头哪能不欢喜？

子　衿

原文

青青子衿①，悠悠我心。纵我不往，子宁不嗣②音？

注释

①子：男士。衿（jīn）：衣领，此处指学子的衣服。
②嗣（sì）：续，接上。

译文

君子衣领青又青，悠悠思君伤我心。即使我不去拜访，难道你就不回音？

原文

青青子佩，悠悠我思。纵我不往，子宁不来？

译文

君子佩玉青又青，悠悠思君伤我怀。即使我不去拜访，难道你就不能来？

原文

挑①兮达兮，在城阙兮。一日不见，如三月兮。

注释

①挑、达：往来相见貌。

译文

君子交往情切切，城边同游又相别。如果一日不见面，相思若渴如三月。

扬 之 水

原文

扬之水，不流束楚①。终鲜②兄弟，维予与女。无信人之言，人实廷③女。

注释

①束楚：同"束薪"。

②鲜：少。

③廷（kuáng）：同"诳"，欺骗。

译文

激荡之水，难载束薪。兄弟不多，你我二人。勿信谗言，将你哄骗。

原文

扬之水，不流束薪。终鲜兄弟，维予二人。无信人之言，人实不信。

译文

激荡之水，难载束薪。兄弟不多，你我二人。勿听谗言，人不可信。

出其东门

原文

出其东门，有女如云。虽则如云，匪我思存①。缟衣綦②巾，聊乐我员③。

注释

①存：不忘。
②缟（gǎo）：白娟。綦（qí）：暗绿色。
③员：语助词。

译文

走出东门外，美女多如云。虽则多如云，却非相思人。素衣结绿巾，才是可心人。

原文

出其闉阇①，有女如荼②。虽则如荼，匪我思且。缟衣茹藘③，聊可与娱。

注释

①闉阇（yīn dū）：闉，曲城。阇，城台。
②荼（tú）：荼茅，花白色。
③茹藘：原指茜草，根红可染色，此处代红巾。

译文

走出外城门，美女白如荼。虽然白如荼，却非意中人。素衣结红巾，与她同欢心。

野有蔓草

原文

野有蔓草，零露湑①兮。有美一人，清扬婉②兮。邂逅③相遇，适④我愿兮。

注释

①湑（tuán）：极多貌。

67

②婉：美好。

③邂逅（xiè hòu）：不期而遇。

④适：称。

译文

野山蔓草多茂盛，闪闪露珠水盈盈。有位美女好秀丽，眉角飞扬目又清。谁知今日巧相遇，样样都好称我心。

原文

野有蔓草，零露瀼瀼①。有美一人，婉如清扬。邂逅相遇，与子皆臧②。

注释

①瀼（ráng）瀼：露盛。

②臧（zāng）：善；好。

译文

野山蔓草多茂盛，露珠晶莹水盈盈。有位美女好雅丽，眉清目秀白生生。谁知今日巧相遇，我们相爱多可心。

·齐　风·

鸡　鸣

原文

"鸡既鸣矣，朝既盈①矣。""匪②鸡则鸣，苍蝇之声。"

注释

①朝：朝廷。盈：满。此二句为妃子所言。
②匪：通"非"。此二句为国君所言。后两章同。

译文

"公鸡喔喔叫，上朝人已到。""不是鸡在叫，苍蝇嗡嗡闹。"

原文

"东方明矣，朝既昌①矣。""匪东方则明，月出之光。"

注释

①昌：多。

译文

"东方天已明，朝堂人盈盈。""不是东方明，月色亮晶晶。"

原文

"虫飞薨薨①，甘与子同梦。""会②且归矣，无庶予子③憎。"

注释

①薨（hōng）薨：虫鸣声。指天已大亮。

②会：早朝君臣相会。

③庶：幸，希冀之意。予：我。子：你，指同床的妃子。

译文

"飞虫闹轰轰，愿与你同梦。""早朝即刻散，望臣别怨憎。"

南　山

原文

南山崔崔①，雄狐绥绥②。鲁道有荡，齐子由归。既曰归止，曷又怀止③？

注释

①崔崔：崔嵬。

②绥绥：行走缓慢，求匹之貌。此以南山之狐喻齐襄公之荒淫。文姜与其兄齐襄王私通，嫁给鲁桓公后与襄公关系不断。后来，鲁桓公与文姜同到齐国，鲁桓公遭杀身之祸。文姜与襄公更加淫乱。

③怀：怀念。止：之。

译文

南山崔嵬高千尺，雄狐逡巡步迟疑。鲁国大道荡坦坦，文姜由此嫁鲁桓。既然已经出了嫁，何故襄公怀念她？

原文

葛屦五两①，冠緌②双止。鲁道有荡，齐子庸③止。既曰庸止，曷又从④止？

注释

①两：双。

②冠緌（ruí）：帽穗。

③庸：由。

④从：由，谓襄公追求文姜。

译文

葛布做鞋结成对，帽穗垂挂也成双。鲁国大道坦荡荡，文姜由此嫁鲁桓。既然已经出了嫁，何故襄公恋着她？

原文

艺①麻如之何？衡从其亩②。取妻如之何？必告父母。既曰告止，曷又鞠③止？

注释

①艺（yì）：种植。
②衡从：即横纵。亩：田垄。
③鞠：放纵。

译文

种麻应该怎么办？纵横耕耘田垄上。娶妻应该怎么办？必定先要禀父母。既然已经告父母，何故襄公纵情欲？

原文

析薪如之何？匪斧不克。取妻如之何？匪媒不得。既曰得止，曷又极①止？

注释

①极：放纵无束。

译文

劈柴应该怎么办？不用斧头劈不开。娶妻应该怎么办？不遣媒妁不能成。既然已经完了婚，何故襄公又乱情？

甫　田

原文

无田甫田①，维莠骄骄②。无思远人，劳心忉忉③。

注释

①甫：大。第一个"田"为动词：意为种田。此诗劝时人勿厌小而务大，勿近而图远。

71

②莠（yǒu）：杂草。骄骄：借为"乔乔"，草盛貌。

③忉忉（dāo）：忧思状。

译文

不要贪心种大田，结果只会生杂草。不要苦苦念远人，忧思绵绵伤精神。

原文

无田甫田，维莠桀桀①。无思远人，劳心怛怛②。

注释

①桀桀：茂盛貌。

②怛（dá）怛：忧劳貌。

译文

不要贪心种大田，结果野草勃勃生。不要痴情念远人，忧思忡忡愁断魂。

原文

婉兮娈①兮，总角丱②兮。未几见兮，突而弁③兮。

注释

①婉、娈：年少而貌美。

②丱（guàn）：旧时儿童束发如两角之貌。

③弁（biàn）：古代男子年满二十加冠称弁，以示成年。

译文

那个孩子多俊俏，儿时束髻蹦蹦跳。不多时日忽相见，他却居然成弱冠。

·魏　风·

葛　屦

原文

纠纠①葛屦，可以履②霜？掺掺③女手，可以缝裳。要之襋④之，好人⑤服之。

注释

①纠纠：交错纠缠，破烂貌。

②可（hé）：何。履：踏。

③掺（sān）掺：犹"纤纤"。

④要（yāo）：通"褄"，男子下服的腰部。襋（jí）：衣领。

⑤好人：贵人。

译文

草鞋破烂脚上穿，可怜如何踩秋霜？玉指纤纤玲珑手，能够缝制好衣裳。缝好腰身和衣领，贵人急急试新装。

原文

好人提提①，宛然左辟②。佩其象揥③，维是褊④心，是以为刺。

注释

①提提：安舒貌。

②宛然：转身让路的样子。辟：借为"避"。

③揥（tì）：发簪。

④褊：即"偏"。

译文

贵人走路多安详，众人让路左边站。头上插着象牙簪，却是心偏小气量，因此刺她写诗章。

汾 沮 洳

原文

彼汾沮洳①，言采其莫②。彼其之子，美无度。美无度，殊异乎公路③。

注释

①汾（fén）：汾水。沮洳（jù rù）：低湿之地。
②莫（mù）：野菜名，其味酸。
③公路：掌管王公车驾的官吏。

译文

在那汾河潮湿地，采得野菜一篮篮。有个小伙使人想，俊美可爱不可言。俊美可爱不可言，和那高官不沾边。

原文

彼汾一方，言采其桑。彼其之子，美如英①。美如英，殊异乎公行②。

注释

①英：花。此处意为"英华"，指神采之美。
②公行：掌管王公军队的官吏。

译文

在那汾河水一方，采得桑叶担担装。有个小伙使人想，朝气蓬勃美英华。朝气蓬勃美英华，不跟高官是一家。

原文

彼汾一曲①，言采其藚②。彼其之子，美如玉。美如玉，殊异乎公族③。

注释

①曲：河湾。
②蓑（xù）：泽泻草，亦名水沓菜。
③公族：掌管王公宗族事务的官吏。

译文

　　在那汾河转弯处，采得泽泻回家煮。有个小伙使人想，美如玉石真难忘。美如玉石真难忘，他与高官不一样。

伐　檀

原文

　　坎坎①伐檀兮，寘之河之干②兮。河水清且涟猗③。不稼不穑④，胡取禾三百廛兮⑤？不狩不猎，胡瞻尔庭有县貆兮⑥？彼君子兮，不素餐兮！

注释

①坎坎：伐木声。
②寘：同"置"。干：岸。
③涟：水纹。猗：语气词"啊"。
④稼：耕种。穑：收割。
⑤胡：何。廛（chán）：千亩，即顷。
⑥县：同"悬"。貆（huán）：即獾。

译文

　　砍伐檀树声坎坎，把它放置河旁边。河水清清泛细浪。不种田来不收割，何有庄稼三百顷？不捕兽来不围猎，为何庭中挂野獾？那些君子啊，不能白吃饭啊！

原文

　　坎坎伐辐①兮，寘之河之侧兮。河水清且直猗。不稼不穑，胡取禾三百亿兮②？不狩不猎，胡瞻尔庭有县特③兮？彼君子兮，不素食兮！

注释

①辐：车轮的辐条。

②亿：束。

③特：三岁小兽。

译文

砍伐檀树做车辐，把它放置河一侧。河水清清泛绿波。不耕田来不收割，何有稻禾三百束？不捕兽来不围猎，为何庭中挂野兽？那些君子啊，不能白吃粮啊！

原文

坎坎伐轮兮，寘之河之漘①兮。河水清且沦②猗。不稼不穑，胡取禾三百囷③兮？不狩不猎，胡瞻尔庭有县鹑兮？彼君子兮，不素飧④兮。

注释

①漘（chún）：河边。

②沦：小波浪。

③囷（qūn）：捆。

④飧（sūn）：熟食。

译文

砍伐檀树做车轮，把它放置河一边。河水清清起波浪。不耕田来不收割，何有稻子三百捆？不捕兽来不围猎，为何庭中挂鹌鹑？那些君子啊，不能白吃食啊！

·唐　风·

蟋　蟀

原文

蟋蟀在堂①，岁聿其莫②。今我不乐，日月其除③。无已大康④，职思其居⑤。好乐无荒⑥，良士瞿瞿⑦。

注释

①蟋蟀在堂：喻时已岁暮天寒。

②聿（yù）：语助词。莫：同"暮"。

③除：去。

④已：太，过。康：快乐。

⑤职：常。居：处，所处的地位。

⑥荒：荒淫。

⑦瞿瞿：警视貌。

译文

蟋蟀堂前叫，一年将终了。行乐不趁今，岁月就去了。不能过度乐，应思处境糟。娱乐不纵情，明士应警惕。

原文

蟋蟀在堂，岁聿其逝。今我不乐，日月其迈①。无已大康，职思其外②。好乐无荒，良士蹶蹶③。

注释

①迈：行。

②外：即外界的关系。

③蹶蹶（jué）：动，兴起。

译文

蟋蟀堂前叫，一年将终了。行乐不趁今，岁月就溜掉。不能太过分，应思意外生。娱乐不纵情，明士应振奋。

原文

蟋蟀在堂，役车其休。今我不乐，日月其慆①。无已大康，职思其忧。好乐无荒，良士休休②。

注释

①慆：逝去，过去。
②休休：乐而有节，安闲自得。

译文

蟋蟀堂前叫，役车都停靠。行乐不趁今，岁月就逝去。不能太过度，应思飞来祸。娱乐不纵情，明士可安稳。

山 有 枢

原文

山有枢①，隰有榆。子有衣裳，弗曳弗娄②。子有车马，弗驰弗驱。宛其死矣③，他人是愉。

注释

①枢（shū）、榆（yú）、栲（kǎo）、杻（niǔ）：皆为树木名。
②曳（yè）：拖。古时裳长曳地。娄：即"搂"，提着走。
③宛：通"菀"，委顿倒下貌。

译文

山上有枢树，洼地长榆木。你有好衣裳，却不去装束。你有好车马，却不去驾驱。一日忽病死，只有他人乐。

原文

山有栲，隰有杻。子有廷①内，弗洒弗扫。子有钟鼓，弗鼓弗考②。宛其死矣，他人是保③。

注释

①廷：指宫室。
②考：敲。
③保：占有。

译文

山上有栲树，洼地长杻木。你有好宫室，却不去打扫。你有好钟鼓，不打也不敲。一天忽病亡，他人徒安享。

原文

山有漆，隰有栗。子有酒食，何不日鼓瑟？且以喜乐，且以永日。宛其死矣，他人入室。

译文

山上有漆树，洼地长栗木。你有美酒食，何不鼓瑟饮？暂且为娱乐，以此度时光。一日忽病丧，他人来享乐。

扬　之　水

原文

扬之水，白石凿凿①。素衣朱襮②，从子于沃③。既见君子，云何不乐？

注释

①凿凿：鲜明貌。
②襮（bó）：绣有花纹的衣领。
③沃：地名。

译文

河水滚滚流，白石光溜溜。素衣红衫领，追君到曲沃。既已见到君，怎能不快乐？

原文

扬之水，白石皓皓①。素衣朱绣，从子于鹄②。既见君子，云何其忧？

注释

①皓皓：洁白。

②鹄（gāo）：地名。

译文

河水滚滚流，石白多明净。素衣红锦绣，追君到鹄地。既已见到君，何事还心忧？

原文

扬之水，白石粼粼①。我闻有命，不敢以告人。

注释

①粼粼（lín）：明净貌。

译文

河水滚滚流，白石亮晶晶。闻君有使命，不敢告诉人。

采　苓

原文

采苓采苓，首阳①之巅。人之为言②，苟亦无信。舍旃舍旃③，苟亦无然④。人之为言，胡得焉？

注释

①首阳：首阳山。

②为（wěi）言：即伪言。为：借为"伪"。

③旃（zhān）：之，代词。

④苟：且。无然：不要相信是这样。然，是，对。

译文

采呀采甘草，来到首阳顶。他人说谎话，不要轻听信。舍弃不可惜，不要去当真。他人说假话，何必要去听？

原文

采苦采苦，首阳之下。人之为言，苟亦无与^①。舍旃舍旃，苟亦无然。人之为言，胡得焉？

注释

①与：用，采用。

译文

采呀采苦菜，来到首阳下。他人说谎话，不要去采纳。舍弃不可惜，不要去当真。他人说假话，何必要去听？

原文

采葑采葑，首阳之东。人之为言，苟亦无从。舍旃舍旃，苟亦无然。人之为言，胡得焉？

译文

采呀采蔓菁，来到首阳东。他人说谎话，不要轻信从。舍弃不可惜，不要去当真。他人说假话，何必要去听？

·秦　风·

车　邻

原文

有车邻邻①，有马白颠②。未见君子，寺人③之令。

注释

①邻邻：车行声。

②颠（zhēn）：额。

③寺人：侍人。

译文

车声响辚辚，骏马白额头。不能见君子，侍官去请求。

原文

阪有漆，隰有栗。既见君子，并坐鼓瑟①。今者不乐，逝者其耋②。

注释

①瑟：古时弦乐器，似琴。

②耋（dié）：衰老。八十岁为耋。

译文

山坡长漆树，洼地有栗木。既已见君子，并坐弹琴瑟。此时不行乐，等到老糊涂。

原文

阪有桑，隰有杨。既见君子，并坐鼓簧。今者不乐，逝者其亡。

译文

山坡长桑树，洼地生杨树。既已见君子，并坐吹笙簧。此时不行乐，死去怨恨长。

无 衣

原文

岂曰无衣？与子同袍。王于兴师，修我戈矛，与子同仇！

译文

谁说我们无军衣？与你曾披一战袍。大王兴师保边疆，修理我戈与我矛，同仇敌忾士气高！

原文

岂曰无衣？与子同泽①。王于兴师，修我矛戟，与子偕作②！

注释

①泽：里衣。
②作：起，开始行动。

译文

谁说我们无军衣？与你曾穿一内装。大王兴师保边疆，修理我矛和我戟，同仇敌忾举刀枪！

原文

岂曰无衣？与子同裳。王于兴师，修我甲兵，与子偕行！

译文

谁说我们无军衣？与你曾穿一下装。大王兴师保边疆，修理兵器与盔甲，同仇敌忾上战场！

权 舆

原文

於我乎①！夏屋渠渠②，今也每食无馀。于嗟乎！不承权舆③。

注释

①於：与，对待。此处作善待。
②夏屋：较大的食器。渠渠：丰盛。
③承：继续。权舆：草木萌芽的状态，引申为初时。

译文

过去那样善待我！杯盘大大酒宴丰，如今餐餐无剩余。唉！日子不能比当初。

原文

於我乎！每食四簋①，今也每食不饱。于嗟乎！不承权舆。

注释

①簋（guǐ）：古代食器。

译文

过去那样善待我！每餐四盘不可少，如今餐餐吃不饱。唉！日子不能比当初。

·陈　风·

宛　丘

原文

子之汤①兮，宛丘之上兮。洵有情兮，而无望兮。

注释

①汤（dàng）：荡。

译文

姑娘起舞飘荡荡，翩翩旋转宛丘上。心中实有千般情，默默想念却无望。

原文

坎①其击鼓，宛丘之下。无冬无夏，值②其鹭羽。

注释

①坎：拟声词。
②值：持。

译文

姑娘击鼓咚咚响，翩翩起舞宛丘下。不分冬来不分夏，枝枝鹭羽手中拿。

原文

坎其击缶①，宛丘之道。无冬无夏，值其鹭翿②。

注释

①缶（fǒu）：瓦罐。

②鹭翿（dào）：以鹭鸶羽毛为饰的旗。

译文

姑娘击缶响咚咚，翩翩起舞宛丘路。不分夏来不分冬，枝枝羽旗手中拿。

东门之枌

原文

东门之枌①，宛丘之栩②。子仲之子，婆娑其下。

注释

①枌（fén）：白榆。

②栩（xǔ）：柞树。

译文

东门之旁榆树生，宛丘之下栩木长。子仲家中那女子，婆娑林间美罗裳。

原文

谷旦于差①，南方之原。不绩②其麻，市③也婆娑。

注释

①谷旦：美好日子。差：选择。

②绩：纺。

③市：郊外集市。

译文

良辰吉日细挑选，来到南郊好舞场。今日不用去纺麻，郊外共舞齐欢畅。

原文

谷旦于逝，越以鬷迈①。视尔如荍②，贻我握③椒。

注释

①越：往。鬷（zōng）：会聚。迈：行。

②蕵（qiáo）：锦葵。
③握：一把。

译文

良辰吉日去得快，来来回回多聚会。看你美似一枝葵，赠我花椒耐回味。

泽　陂

原文

彼泽之陂①，有蒲与荷。有美一人，伤如之何？寤寐无为，涕泗滂沱。

注释

①陂（bēi）：湖边。

译文

在那清水池塘边，嫩蒲新绿荷花艳。有位英俊美男子，苦苦想他怎么办？彻夜缱绻难入睡，只为相思泪涟涟。

原文

彼泽之陂，有蒲与蕳①。有美一人，硕大且卷②。寤寐无为，中心悁悁③。

注释

①蕳：（jiān）：兰草，也作莲。
②硕大：身材高大。卷（quán）：同"婘"，美好貌。
③悁悁：忧愁。

译文

在那清水池塘边，嫩蒲新绿荷花艳。有位潇洒美男子，身材魁伟相貌美。朝思暮想难入眠，心中郁闷拭珠泪。

原文

彼泽之陂，有蒲菡萏①。有美一人，硕大且俨②。寤寐无为，辗转伏枕。

注释

①菡萏（hàn dàn）：荷花。

②俨（yǎn）：庄重貌。

译文

在那清水池塘边，嫩蒲新绿荷花艳。有位堂堂美男子，身材高大貌庄严。朝思暮想难入睡，辗转反侧泣枕边。

·桧　风·

羔　裘

原文

羔裘逍遥，狐裘以朝①。岂不尔思？劳心忉忉。

注释

①朝：上早朝。

译文

君着羊袍喜逍遥，又穿狐裘上早朝。哪里不为你思谋？心中为你常忧劳。

原文

羔裘翱翔①，狐裘在堂。岂不尔思？我心忧伤。

注释

①翱翔：犹逍遥。

译文

君着羊袍喜逍遥，又穿狐裘赴公堂。哪里不为你思谋？愁肠不解思虑长。

原文

羔裘如膏，日出有曜①。岂不尔思？中心是悼②。

注释

①曜（yào）：光。

②悼：哀伤。

译文

羊皮如脂色泽亮，太阳一出闪光亮。哪里不为你思谋？心中整日满忧伤。

匪　风

原文

匪①风发兮，匪车偈②兮。顾瞻周道，中心怛③兮。

注释

①匪：彼。

②偈（jiē）：疾驰貌，当作"揭"。

③怛（dá）：悲伤。

译文

北风劲吹飕飕响，车轮滚滚奔前方。回头张望那大路，我的心中多悲伤。

原文

匪风飘兮，匪车嘌兮①。顾瞻周道②，中心吊兮③。

注释

①嘌（piāo）：迅疾。

②顾瞻：回头张望。

③吊：悲哀。

译文

北风劲吹多凄凉，车轮滚滚跑得快。回头张望那大道，我的心中多悲哀。

原文

谁能亨鱼？溉之釜鬵①。谁将西归？怀②之好音。

注释

①溉（gài）：洗。釜（fǔ）：锅。鬵（xín）：较大的锅。
②怀：带，送。

译文

谁个想要把鱼烹？锅碗瓢盆先洗净。谁将回头向西行，快给我家传个信。

·曹 风·

蜉 蝣

原文

蜉蝣之羽①，衣裳楚楚。心之忧矣，於我归处②？

注释

①蜉蝣（fú yóu）：虫名。

②於：于。

译文

蜉蝣翅膀薄又亮，像那鲜丽美衣裳。心中忧思重重生，我今归处在何方？

原文

蜉蝣之翼，采采衣服①。心之忧矣，於我归息？

注释

①采采：犹"楚楚"，鲜明貌。

译文

蜉蝣翅膀薄又轻，像那美艳好锦衣。心中忧思重重生，我今何处去休息？

原文

蜉蝣掘阅①，麻衣如雪②。心之忧矣，于我归说③？

注释

①阅：洞穴。

②麻衣：葬礼上穿的衣服。

③说（shuì）：休息。

译文

蜉蝣挖洞好安歇，身着雪白好麻衣。心中忧思重重生，我今安身去何地？

·豳 风·

七 月

原文

七月流火①，九月授衣。一之日觱发②，二之日栗烈。无衣无褐，何以卒岁？三之日于耜，四之日举趾③。同我妇子，馌④彼南亩，田畯至喜。

注释

①流火：火星偏西。

②一之日：十一月。为豳历纪日法。后与此同。觱（bì）发：滭泼的假借字，风寒。

③举趾：举足耕耘。

④馌（yè）：送食。

译文

七月火星移，九月添寒衣。十一月里冷风吹，十二月风更凛冽。如今没有粗布衣，教我如何度残冬？正月修犁锄，二月好下田。老婆孩子来送饭，一送送到地南边，农官老爷笑开颜。

原文

七月流火，九月授农。春日载阳，有鸣仓庚。女执懿①筐，遵彼微行②，爰求柔桑③。春日迟迟，采蘩祁祁。女心伤悲，殆及公子同归。

注释

①懿：深。

②微行：小路。

③爰：于是。

译文

七月火星移，九月添寒衣。阳春三月暖洋洋，枝头黄莺把歌唱。于是一群女人提竹筐，走在田边小路上，结伴前去采嫩桑。春日来了漫又长，采蒿人儿来又往。姑娘心里暗悲伤，就怕公子将她抢。

原文

七月流火，八月萑苇①。蚕月条②桑，取彼斧斨③。以伐远扬，猗彼女桑。七月鸣鵙④，八日载绩。载玄载黄，我朱孔阳⑤，为公子裳。

注释

①萑（huán）苇：芦苇。

②条：修剪。

③斨（qiāng）：方孔斧。

④鵙（jú）：鸟名，又称子规。

⑤朱：红。

译文

七月火星移，八月割芦苇。养蚕时节剪桑树，拿来斧子整树枝。长得高的踮着砍，采摘嫩桑给蚕食。七月子规凄声叫，八月大家来纺麻。麻布染成黑和黄，我染红布最拿手，为那公子做长褂。

东　山

原文

我徂①东山，慆慆②不归。我来自东，零雨其濛。我东曰归，我心西悲。制彼裳衣，勿士行枚③。蜎蜎者蠋④，烝⑤在桑野。敦⑥彼独宿，亦在车下。

注释

①徂（cú）：往。

②慆慆：久。

③行枚：夜晚行军口含小木棍以免说话。

④蜎（yuān）蜎：蠕动。蠋（zhú）：桑虫，野蚕。

⑤烝（zhēng）：语助。

⑥敦：孤独貌。后"敦"，圆。

译文

我到东山去出征，久久不能还故园。如今我自东方归，细雨濛濛下不停。我自东方往家转，西望故园泪难干。制件普通百姓衣，不再行军去作战。山蚕蠕动行得慢，隐身桑林荒野间。我蜷一团独自宿，睡在车下难入眠。

原文

我徂东山，慆慆不归。我来自东，零雨其濛。果赢之实，亦施于宇。伊威在室，蟏蛸①在户。町畽②鹿场，熠耀宵行。不可畏也？伊可怀也。

注释

①蟏蛸（xiāo shāo）：虫名，长脚蜘蛛。

②町畽（tīng tuǎn）：屋边空地。

译文

我到东山去出征，久久不能还故园。如今我自东方归，细雨濛濛下不停。果树结实沉甸甸，藤蔓延伸到屋檐。土鳖屋中四处爬，蜘蛛织网在门边。宅旁田地成鹿苑，萤火夜里亮闪闪。难道荒凉不可怕？心里还是念着它。

原文

我徂东山，慆慆不归。我来自东，零雨其濛。鹳鸣于垤①，妇叹于室。洒扫穹窒，我征聿至。有敦瓜苦，烝在栗薪。自我不见，于今三年。

注释

①垤（dié）：土堆。

译文

我到东山去出征，久久不能还故园。如今我自东方归，细雨濛濛下不停。鹳鸟飞上土丘叫，妻子家中把气叹。打扫屋子堵鼠洞，只盼我能把家还。孤瓜长得溜溜圆，堆在柴上无人管。自我当初离开家，时至今日整三年。

原文

我徂东山，慆慆不归。我来自东，零雨其濛。仓庚于飞，熠耀其羽。之子于归，皇驳其马。亲结其缡，九十其仪①。其新孔嘉，其旧如之何？

注释

①九十：言其多。全句指结婚礼仪盛大。

译文

我到东山去出征，久久不能还故园。如今我自东方归，细雨濛濛下不停。黄莺飞翔在蓝天，羽毛鲜艳多耀眼。回想当年妻嫁时，黄马花马驾车辕。母亲为她缠佩巾，种种礼仪都完善。新婚之时多美好，回家是否如初欢？

狼　跋

原文

狼跋其胡①，载疐②其尾。公孙硕肤③，赤舄几几④。

注释

①跋：践踏。胡：野兽颔下的悬肉。
②疐（zhì）：绊倒。
③公孙：公爵之孙。硕肤：大肚皮。
④舄（xì）：鞋。几几：向上曲貌。

译文

老狼向前行走踩下巴，向后退又把长尾踩踏。公孙身材肥硕肚皮大，弯勾红鞋穿脚下。

原文

狼疐其尾，载跋其胡。公孙硕肤，德音不瑕①。

注释

①德音：声誉、名望。瑕：毛病。此句为反语。

译文

老狼后退踩尾巴，前行又踩肥下巴。公孙肥硕肚皮大，声誉美好多"无瑕"。

二、"二雅"

·小　雅·

鹿鸣之什①

鹿　鸣

原文

呦呦鹿鸣，食野之苹。我有嘉宾，鼓瑟吹笙。吹笙鼓簧，承筐是将②。人之好我，示我周行③。

注释

①什（shí）：十。

②将：进献。

③周行（háng）：正道。

译文

呦呦野鹿鸣，来食野青苹。我有众嘉宾，弹瑟又吹笙。吹笙又鼓簧，献礼一筐筐。人们惠爱我，示我以路向。

原文

呦呦鹿鸣，食野之蒿。我有嘉宾，德音孔昭。视民不恌①，君子是则是效。我有旨酒，嘉宾式燕以敖②。

注释

①恌（tiāo）：轻佻。奸巧。

②燕：通"宴"。敖：遨游。

译文

呦呦野鹿鸣，来食野中蒿。我有众宾客，品行皆良好。教民不轻佻，依法来仿效。我有上等酒，宴宾同逍遥。

原文

呦呦鹿鸣，食野之芩①。我有嘉宾，鼓瑟鼓琴。鼓瑟鼓琴，和乐且湛②。我有旨酒，以燕乐嘉宾之心。

注释

①芩（qín）：芦苇类植物。

②湛：过度逸乐。

译文

呦呦野鹿鸣，来食野中芩。我有众宾客，鼓瑟又弹琴。鼓瑟又弹琴，和乐且纵情。我有上等酒，以快客人心。

采 薇

原文

采薇采薇，薇亦作①止。曰归曰归，岁亦莫止。靡室靡家，猃狁②之故。不遑启居，猃狁之故。

注释

①作：出生。

②猃狁：匈奴。

译文

采呀采呀去采薇，薇菜刚刚发新芽。回呀回呀快回家，眼看岁暮又到来。离了亲人没有家，为与猃狁相厮杀。不得安宁无闲暇，为与猃狁来厮杀。

原文

采薇采薇，薇亦柔止。曰归曰归，心亦忧止。忧心烈烈，载饥载渴。我戍未定，靡使归聘①。

注释

①聘（pìn）：探问。

译文

采呀采呀去采薇，薇菜鲜嫩发新芽。回呀回呀快回家，心中忧闷很牵挂。满腔愁绪如火焚，又饥又渴受煎熬。我们征战无休止，无人回家去探问。

原文

采薇采薇，薇亦刚止。曰归曰归，岁亦阳①止。王事靡盬，不遑启处。忧心孔疚，我行不来。

注释

①阳：农历十月。

译文

采呀采呀去采薇，薇菜长得很挺拔。回呀回呀快回家，转眼十月又到来。王事频频无休止，想要休息无闲暇。满腹忧愁真痛苦，只怕出征难归家。

原文

彼尔①维何？维常②之华。彼路③斯何？君子之车。戎车既驾，四牡业业④。岂敢定居，一月三捷！

注释

①尔：花盛貌。
②常：棠梨。
③路：大车。
④业业：高大貌。

译文

什么花儿开得盛？棠梨花开密层层。什么车儿高又大？那是元帅将军乘。驾起兵车又出战，四匹壮马齐奔腾。边地怎敢图安居，一月要争几回胜！

原文

驾彼四牡，四牡骙骙①。君子所依，小人所腓②。四牡翼翼，象弭鱼服③。岂不日戒，玁狁孔棘。

注释

①骙（kuí）骙：强壮貌。

②腓（féi）：隐蔽。

③象弭（mǐ）：象牙镶饰的弓。鱼服：鱼皮做的箭袋。

译文

驾起四匹大公马，四马雄壮高又大。将帅乘车来指挥，掩护兵士也靠它。四匹马儿齐步跨，鱼皮箭袋雕弓挂。没有一天不警惕，玁狁猖獗军情急。

原文

昔我往矣，杨柳依依。今我来思①，雨雪霏霏。行道迟迟，载渴载饥。我心伤悲，莫知我哀！

注释

①思：语助词。

译文

回想当初上征途，杨柳依依随风舞。如今回家路途中，大雪纷纷满天飞。一路随队缓缓行，又渴又饥真劳累。我心悲伤感慨多，此中哀苦谁体会！

湛　露

原文

湛湛露斯，匪阳不晞①。厌厌夜饮②，不醉无归。

注释

①晞：干。

②厌厌：安乐貌。

译文

夜晚露水寒，无日晒不干。夜里饮开怀，不醉不归还。

原文

湛湛露斯，在彼丰草。厌厌夜饮，在宗载考①。

注释

①考：成。此指举行宴会。

译文

夜晚露水浓，滴滴落草丛。夜里开怀饮，宴设宗室中。

原文

湛湛露斯，在彼杞棘。显允①君子，莫不令德。

注释

①显：高贵。允：诚实。

译文

夜晚露水深，落于杞树林。君子贵且诚，实有好德行。

原文

其桐其椅①，其实离离。岂弟君子，莫不令仪。

注释

①椅（yī）：山桐子。

译文

林中生桐椅，果实挂树枝。和蔼好君子，举止有威仪。

彤弓之什

六　月

原文

六月棲棲①，戎车既饬②。四牡骙骙，载是常服③。猃狁孔炽，我是用急。王于出征，以匡王国。

注释

①棲棲：忙碌貌。

②饬（chì）：修整。

③常：画有日月的旗帜。服：泛指衣服、车马之类。

译文

六月人匆忙，备车上前方。四马皆强壮，日月旗帜扬。猃狁气焰盛，我朝边情急。奉命去出征，卫国保家乡。

原文

比物四骊，闲之维则。维此六月，既成我服。我服既成，于三十里。王于出征，以佐天子。

译文

黑马强且壮，娴熟合规范。时已至六月，备好我戎装。戎装披在身，日行三十里。奉命去出征，助君保国防。

原文

四牡修广，其大有颙①。薄伐猃狁，以奏肤公②。有严有翼，共武之服。共武之服，以定王国。

注释

①颙（yóng）：大头貌。形容马高头大。

②肤公：大功。

译文

马儿长且大，貌伟真雄壮。奋力伐猃狁，建功在疆场。威严又齐整，共同去作战。共同去作战，定国保边防。

原文

猃狁匪茹①，整居焦获②。侵镐及方，至于泾阳。织文鸟章，白旆央央。元戎十乘，以先启行。

注释

①茹：度量。

②整：训练军队。居：同"据"，占据。焦获：地名。

译文

猃狁不自量，陈兵据我疆。侵扰镐和方，直入我泾阳。竖我鸟隼旗，白旆亮堂堂。大车有十乘，急行赴战场。

原文

戎车既安，如轾如轩①。四牡既佶②，既佶且闲。薄伐猃狁，至于太原。文武吉甫，万邦为宪③。

注释

①轾：车行向前倾。轩：车行向后仰。

②佶（jí）：强健。

③宪：楷模。

译文

兵车已安备，颠簸向前行。四马雄赳赳，壮健又娴熟。搏杀讨猃狁，驱敌至太原。吉甫能文武，诸侯称榜样。

原文

吉甫燕喜，既多受祉①。来归自镐，我行永久。饮御②诸友，炰鳖脍鲤。侯谁在矣，张仲孝友。

注释

①祉：福祉。

②御：进献。

译文

庆功宴吉甫，获赏多福禄。镐地凯旋归，行军时间久。群臣来赴宴，烹鳖脍鲤鱼。同座还有谁，孝悌张仲友。

采 芑

原文

薄言采芑①，于彼新田，于此菑亩②。方叔莅止，其车三千，师干之试。方叔率止，乘其四骐，四骐翼翼。路车有奭③，簟笰④鱼服，钩膺⑤鞗革。

注释

①芑（qǐ）：苦菜。

②菑（zī）亩：开垦一年的土地。

③奭（shì）：赭红色。

④簟笰（diàn fú）：蔽车的竹席。

⑤膺：马带。

译文

采啊采啊采苦菜，走到新田那边采，走到菑田这边采。方叔此地来相见，兵车配备共三千，出师御敌去守边。大将方叔率兵马，四骐缰绳手中拿，骐马四匹齐头奔。大车鲜红颜色明，竹席为帘皮车箱，马带饰缨皮辔绳。

原文

薄言采芑，于彼新田，于此中乡。方叔莅止，其车三千，旂旐央央。方叔率止，约軧①错衡，八鸾玱玱②。服其命服，朱芾斯皇，有玱葱珩③。

注释

①軧（qí）：车毂两端有皮革装饰的部分。

②玱（qiāng）：玉声。

③珩：佩玉。

译文

采啊采啊采苦菜，走到新田这那边采，走到菑田那边采。方叔来此为主将，兵车配备共三千，龙旗龟幡颜色艳。主将方叔领队到，车毂车衡装饰新，八只鸾铃声声响。方叔受命穿戎装，朱红皮服多辉煌，身上碧玉响叮当。

原文

鴥彼飞隼，其飞戾天，亦集爰止。方叔莅止，其车三千，师干之试。方叔率止，钲人①伐鼓。陈师鞠②旅。显允方叔，伐鼓渊渊，振旅阗阗③。

注释

①钲人：击鼓传令者。

②鞠：宣告。

③阗（tián）阗：击鼓声。

译文

鹞鹰天空飞得高，一飞飞到九重霄，只只停在大树上。方叔来此为主将，兵车配备共三千，出师抗敌都争先。方叔率队上战场，士兵击鼓如雷鸣，列队严谨宣军令。方叔台上好神气，鼓声敲得阵阵响，击鼓进兵扬军威。

原文

蠢尔蛮荆，大邦为仇。方叔元老，克壮其犹。方叔率止，执讯获丑。戎车啴啴，啴啴焞焞①，如霆如雷。显允方叔，征伐猃狁，蛮荆来威②。

注释

①焞（tūn）焞：声势很盛貌。

②威：畏。

译文

蛮荆之族太愚狂，以我大国为仇敌。方叔朝中是元老，能谋善断计策高。方叔率兵赴战场，直捣敌军获俘虏。行行兵车多又长，朱红戎车闪亮光，车声如雷震破天。方叔领兵多神明，讨伐猃狁大功成，蛮荆由此畏神兵。

鸿 雁

原文

鸿雁于飞，肃肃其羽。之子于征，劬劳于野。爰①及矜人，哀此鳏寡。

注释

①爰：乃。

译文

鸿雁上下飞，双翅声声响。百姓被征召，辛劳在荒郊。可叹贫苦人，鳏寡添寂寥。

原文

鸿雁于飞，集于中泽。之子于垣，百①堵皆作。虽则劬劳，其究安宅？

注释

①百：言其多。

译文

鸿雁上下飞，聚集沼泽中。百姓筑城墙，已有百丈高。服役多劳苦，何得安乐所？

原文

鸿雁于飞，哀鸣嗷嗷。维此哲人，谓我劬劳。维彼愚人，谓我宣①骄。

注释

①宣：示。

译文

鸿雁上下飞，鸣声多伤悲。只有明白人，知我受劳累。那些蠢家伙，还说我骄躁。

白 驹

原文

皎皎白驹，食我场苗。絷①之维之，以永今朝。所谓伊人，于焉逍遥？

注释

①絷（zhí）：绊。

译文

如雪小白驹，吃我田中苗。绳索系住它，在此长居留。我那好贤人，何处乐逍遥？

原文

皎皎白驹，食我场藿。絷之维之，以永今夕。所谓伊人，于焉嘉客？

译文

如雪小白驹，吃我田中豆。绳索系住它，在此长居留。我那好贤人，何处作嘉宾？

原文

皎皎白驹，贲①然来思。尔公尔侯？逸豫无期。慎尔优游，勉尔遁思②。

注释

①贲（bēn）：奔。
②遁思：去意。

译文

如雪小白驹，奔跑来得快。你是公和侯？欢乐无定期。优游不过度，不要离开我。

原文

皎皎白驹，在彼空谷，生刍一束。其人如玉，毋金玉尔音，而有遐心。

译文

如雪小白驹，空谷逍遥游，回来吃青草。贤人美如玉，勿惜你音讯，与我不相通。

节　南　山

原文

节①彼南山，维石岩岩②。赫赫师尹，民具尔瞻。忧心如惔③，不敢戏谈。国既卒斩，何用不监？

注释

①节：山高峻貌。

②岩岩：石堆积貌。

③惔（tán）：火烧。

译文

险峻终南山，石崖高又高。显赫尹太师，人人侧目瞧。心忧如火烧，不敢轻谈笑。国运快断绝，如何未知晓。

原文

节彼南山，有实其猗①。赫赫师尹，不平谓何。天方荐瘥②，丧乱弘多。民言无嘉，憯③莫惩嗟。

注释

①猗：山坡。

②瘥（cuó）：瘟疫。

③憯（cǎn）：乃。

译文

险峻终南山，山坡多宽广。显赫尹太师，不公多荒唐。天降大灾难，众人多死丧。百姓怨声起，竟不细思量。

原文

尹氏大师，维周之氏。秉国之均①，四方是维。天子是毗②，俾民不迷。不吊昊天，不宜空我师。

注释

①均：通"钧"，陶工制陶器所用的转盘，喻尹氏掌权。

②毗（pí）：辅助。

译文

尹氏大太师，国家的基石。国柄手中握，四方来维持。君王靠你助，你应正民心。老天爷不善，不该降灾难。

原文

弗躬弗亲，庶民弗信。弗问弗仕，勿罔君子。式夷式已，无小人殆。琐琐姻亚，则无膴①仕。

注释

①膴（wǔ）：厚。

译文

国事不亲问，百姓不信任。用人未察问，不该欺君子。暴虐要停止，不与小人亲。亲戚无才能，不宜担重任。

原文

昊天不傭①，降此鞠讻。昊天不惠，降此大戾。君子如届，俾民心阕②。君子如夷，恶怒是违。

注释

①傭：公平。

②阕：止息。

译文

老天不公平，降祸害百姓。老天不仁义，降下此灾难。君子如执政，人民得安宁。君子若公正，人民怒火平。

原文

不吊昊天，乱靡有定。式月斯生，俾民不宁。忧心如酲①，谁秉国成？不自为政，卒劳百姓。

注释

①酲（chéng）：病于酒。

译文

老天爷不善，祸乱从不断。月月时发生，百姓无安宁。心忧如酒醉，国柄谁继承？君王不临朝，百姓徒辛劳。

原文

驾彼四牡，四牡项领。我瞻四方，蹙蹙①靡所骋。方茂尔恶，相尔矛矣。既夷既怿②，如相酬矣。

注释

①蹙蹙（cù）：局促不得舒展。
②怿：喜悦。

译文

驱车驾四马，四马肥又壮。放眼看四方，地狭无所往。如今你作恶，持矛欲相搏。明日又和睦，举杯相敬祝。

原文

昊天不平，我王不宁。不惩其心，复怨其正。家父作诵，以究王讻。式讹①尔心，以畜万邦。

注释

①讹（é）：化。

译文

老天不公平，我王心难宁。你不怨自己，反怨他人谏。家父吟此篇，追究那祸根。快快思悔改，国运重昌盛。

正 月

原文

正月①繁霜，我心忧伤。民之讹言，亦孔之将。念我独兮，忧心京京。哀我小心，瘝②忧以痒。

注释

①正月：周历六月。

②瘝（shǔ）：忧闷。

译文

六月大霜降，我心好忧伤。民间谣言起，沸沸又扬扬。念我身孤独，愁绪痛断肠。小心且谨慎，犹如病一场。

原文

父母生我，胡俾我瘉①？不自我先，不自我后。好言自口，莠言自口。忧心愈愈，是以有侮。

注释

①瘉（yù）：病。

译文

父母生下我，为何使我忧？我生前不忧，我死后不愁。好话小人说，坏话小人讲。愁绪重重结，受欺更受辱。

原文

忧心惸惸①，念我无禄。民之无辜，并其臣仆。哀我人斯，于何从禄？瞻乌爰止，于谁之屋？

注释

①惸（qióng）：忧虑不安。

译文

我心多忧苦，可叹很不幸。百姓本无辜，一同为奴仆。我等可怜人，何处得俸禄？乌鸦将栖息，驻留谁家屋？

原文

瞻彼中林，侯薪侯蒸。民今方殆，视天梦梦。既克有定，靡人弗胜。有皇上帝，伊谁云憎？

译文

看那密林中，都成柴与薪。百姓入危境，老天徒昏昏。万事你主宰，天命不可违。高高天上皇，究竟怀恨谁？

原文

谓山盖卑，为冈为陵。民之讹言，宁莫之惩。召彼故老，讯之占梦。具曰予圣，谁知乌之雌雄。

译文

谁言山岗低，却是大丘陵。民间谣言生，无人去制止。召来众故老，释梦问吉凶。皆言我圣人，雌雄辨不清。

原文

谓天盖高，不敢不局。谓地盖厚，不敢不蹐①。维号斯言，有伦有脊。哀今之人，胡为虺蜴②？

注释

①蹐（jí）：小步走。
②虺（huǐ）蜴：毒蛇。

译文

都说天很高，走路须弯腰。都说地很厚，行走须小步。百姓长呼号，此言说得好。可叹如今人，怎能怯如蛇？

原文

瞻彼阪田，有菀其特。天之扤^①我，如不我克。彼求我则，如不我得。执我仇仇^②，亦不我力。

注释

①扤（wù）：摧残。

②仇仇：缓慢无力。

译文

看那坡上田，禾苗多丰茂。上天摧残我，恐不制服我。当初恳求我，怕我不允诺。如今很怠慢，再不用我才。

原文

心之忧矣，如或结之。今兹之正，胡然厉矣？燎之方扬，宁或灭之？赫赫宗周，褒姒灭之！

译文

心有百般怨，如有千千结。今日当政者，为何暴又恶？野火起势旺，谁能灭得光？西周多显赫，褒姒一笑亡！

原文

终其永怀，又窘阴雨。其车既载，乃弃尔辅。载输尔载，将伯助予！

译文

心中常忧伤，阴雨多凄凉。车子已满载，栏板却抽光。货物遍地撒，叫伯快帮忙。

原文

无弃尔辅，员于尔辐。屡顾尔仆，不输尔载。终逾绝险，曾是不意。

译文

别轻抽车板，以固车轮辐。顾念驾车夫，不堕车中物。终将渡险境，你却不在乎。

原文

鱼在于沼，亦匪克乐。潜虽伏矣，亦孔之炤。忧心惨惨，念国之为虐！

译文

鱼儿池中游，如今难欢乐。虽潜深水中，水清犹可见。心中忧虑深，朝政太暴虐！

原文

彼有旨酒，又有嘉肴。洽比其邻，昏姻①孔云。念我独兮，忧心殷殷。

注释

①昏姻：亲友。

译文

他们有美酒，且有美佳肴。拉拢邻里人，结亲相来往。独我苦伶仃，心痛如刀绞。

原文

佌佌①彼有屋，蓛蓛②方有縠。民今之无禄，天天是椓。哿③矣富人，哀此惸独。

注释

①佌（cǐ）佌：卑微貌，喻在位小人。
②蓛（sù）蓛：陋貌。縠：俸禄。
③哿（gě）：快乐。

译文

恶人有高屋，小丑备五谷，百姓最不幸，有祸没有福。富人乐哈哈，穷人好孤独。

谷风之什

谷　风

原文

习习谷风，维风及雨。将恐将惧，维予与女。将安将乐，女转弃予！

译文

大风呼啦啦，风吹雨又打。恐惧担忧时，是我许身嫁。安逸享乐时，你将我抛下！

原文

习习谷风，维风及颓①。将恐将惧，寘予入怀。将安将乐，弃予如遗。

注释

①颓：暴风由上而下。

译文

大风呼啦啦，暴风上下刮。恐惧担忧时，你揽我入怀。安逸享乐时，你把我抛开。

原文

习习谷风，维山崔嵬①。无草不死，无木不萎。忘我大德，思我小怨。

注释

①崔嵬：山高貌。

译文

大风呼啦啦，山高多雄伟。无草不死去，无树不枯萎。不记我恩德，只记我怨对。

蓼　莪

原文

蓼蓼者莪，匪莪伊①蒿。哀哀父母，生我劬②劳。

注释

①伊：是。

②劬（qú）：劳苦。

译文

高高似莪草，原来是青蒿。可怜父母亲，养我真辛劳。

原文

蓼蓼者莪，匪莪伊蔚。哀哀父母，生我劳瘁。

译文

高高似莪草，原来是牡蒿。可怜父母亲，养我真疲劳。

原文

瓶之罄①矣，维罍②之耻。鲜民之生，不如死之久矣。无父何怙③？无母何恃？出则衔恤④，入则靡至。

注释

①罄（qìng）：尽。

②罍（léi）：酒器。

③怙：依靠。

④恤：忧。

译文

酒瓶空荡荡，酒瓮愧难当。穷人活世上，不如早死亡。没爹依赖谁？没娘怎依仗？出门怀忧伤，进门无尊长。

原文

父兮生我，母兮鞠①我。拊②我畜我，长我育我。顾我复③我，出入腹我。欲报之德，昊天罔极。

注释

①鞠（jū）：养育。

②拊：抚摸。

③复：往来。

译文

爹爹生养我，娘亲哺育我。抚我爱护我，培育我成长。百看不生厌，出入抱怀中。欲报父母德，如天不可测。

原文

南山烈烈，飘风发发。民莫不穀，我独何害①！

注释

①害：忧虑。

译文

南山多威壮，暴风多迅疾。别人生活好，我独忧什么！

原文

南山律律①，飘风弗弗②。民莫不穀，我独不卒③。

注释

①律律：犹“烈烈”，高大威壮貌。

②弗弗，犹“发（bō）发”，迅疾貌。

③卒：为父母养老送终。

译文

南山多险峻，暴风也强劲。别人生活好，我独难尽孝。

北山之什

北 山

原文

陟彼北山，言采其杞。偕偕士子①，朝夕从事。王事靡盬，忧我父母。

注释

①偕（xié）偕：强壮貌。

译文

登那北山上，采摘枸杞子。士子身体好，早晚忙公事。差事做不完，我心忧父母。

原文

溥天之下①，莫非王土。率土之滨②，莫非王臣。大夫不均，我从事独贤③。

注释

①溥：同"普"。

②率：自。

③贤：劳苦。

译文

普天之下啊，无不是王土。四海之内啊，无人非王臣。大夫不公平，服役我最苦。

原文

四牡彭彭，王事傍傍①。嘉我未老②，鲜我方将③。旅力方刚，经营四方④。

注释

①傍傍：没有穷尽。

②嘉：嘉许。

③鲜：称赞。方将：正壮。

④经营：往来奔走。

译文

四马行大道，官差日夜忙。赞我年未老，夸我正强壮。臂力正刚强，遣我走四方。

原文

或燕燕居息，或尽瘁事国。或息偃在床，或不已于行。

译文

有人安然在休息，有人为国耗尽力。有人悠闲躺床上，有人奔走不停息。

原文

或不知叫号，或惨惨劬劳。或栖迟偃仰，或王事鞅掌①。

注释

①鞅掌：繁劳，奔波劳碌之貌。

译文

有人不听民悲号，有人忧虑很辛劳。有人逍遥任俯仰，有人奔走王事忙。

原文

或湛乐饮酒，或惨惨畏咎。或出入风议①，或靡事不为。

注释

①风议：放言空谈。

译文

有人饮酒且寻欢，有人畏谗常心寒。有人高谈又阔论，有人无事不苦干。

无将大车

原文

无将①大车，祇自尘兮。无思百忧，祇自疧②兮。

注释

①将（jiàng）：推。

②痕（qí）：忧病。

译文

别将大车推，徒惹一身灰。莫为小事愁，徒然乱心头。

原文

无将大车，维尘冥冥①。无思百忧，不出于颍②。

注释

①冥冥：尘飞貌。

②颍（jiǒng）：光明。

译文

别将大车推，昏暗扬尘灰。莫为小事愁，光明无处求。

原文

无将大车，维尘雝①兮。无思百忧，祇自重②兮。

注释

①雝：遮蔽。

②重（zhòng）：沉重，劳累。

译文

别将大车推，漫天尘灰飞。莫为小事愁，劳苦自承受。

瞻彼洛矣

原文

瞻彼洛矣，维水泱泱①。君子至止，福禄如茨②。韎韐有奭③，以作六师。

注释

①泱泱：水深广貌。

②茨：草屋顶，喻多。

③赤郃（mèi gé）：红色皮制蔽膝。奭（shì）：赤色。

译文

看那洛河水，茫茫阔无边。周王驾车来，福禄齐覆盖。身着红蔽膝，六军齐统率。

原文

瞻彼洛矣，维水泱泱。君子至止，鞞琫有珌①。君子万年，保其家室。

注释

①鞞琫（bǐ běng）：有纹饰的刀鞘。珌（bì）：刀鞘下饰。

译文

看那洛河水，茫茫阔无边。周王驾车来，刀鞘花纹鲜。君子寿万年，国家得昌盛。

原文

瞻彼洛矣，维水泱泱。君子至止，福禄既同①。君子万年，保其家邦。

注释

①同：会集。

译文

看那洛河水，茫茫阔无边。周王驾车来，福禄世无双。君子寿万年，保国安家乡。

裳裳者华

原文

裳裳①者华，其叶湑②兮。我觏之子，我心写兮。我心写兮，是以有誉处③兮。

注释

①裳裳：花丰盛貌。

②湑（xǔ）：茂盛貌。

③誉处：安乐。

译文

花朵放光华，绿叶郁苍苍。我见诸臣子，心情真舒畅。心情真舒畅，因此乐洋洋。

原文

裳裳者华，芸①其黄矣。我觏之子，维其有章②矣。维其有章矣，是以有庆矣。

注释

①芸：花叶发黄貌。

②有章：有才华。

译文

花朵放光华，片片皆金黄。我见诸臣子，才华世无双。才华世无双，有福真吉祥。

原文

裳裳者华，或黄或白。我觏之子，乘其四骆。乘其四骆，六辔沃若①。

注释

①沃若：威仪之盛。

译文

花朵放光华，白中也有黄。我见诸臣子，四马气宇昂。四马气宇昂，马辔列成行。

原文

左之左之，君子宜之。右之右之，君子有之。维其有之，是以似之。

译文

左边要辅佐，君子很胜任。右边需辅助，君子很相称。人各用其长，子孙得永昌。

桑扈之什

桑 扈

原文

交交桑扈，有莺①其羽。君子乐胥，受天之祜。

注释

①莺：有文采的样子。

译文

小巧玲珑青雀鸟，羽毛光洁色彩分明。祝贺各位常欢乐，上天赐福运气好。

原文

交交桑扈，有莺其领。君子乐胥，万邦之屏。

译文

小小青雀在飞翔，头颈彩羽闪闪光。祝贺各位常欢乐，万方视你为屏障。

原文

之屏之翰，百辟为宪①。不戢不难②，受福不那③。

注释

①辟（bì）：国君。宪：法度。
②戢（jí）：收藏。难（nuó）：恐惧。
③不：语助。那（nuó）：多。

125

译文

你是屏障是骨干，诸侯以你为典范。不藏于心不畏怯，多福多禄难计算。

原文

兕觥其觩①，旨酒思柔。彼交匪敖②，万福来求③。

注释

①觩（qiú）：角弯貌。
②交：傲幸。敖：骄。
③求：聚。

译文

牛角酒杯弯又弯，美酒香醇酒性绵。不求傲幸不骄傲，万福齐聚遂心愿。

鸳　鸯

原文

鸳鸯于飞，毕之罗之①。君子万年，福禄宜之。

注释

①毕：罗网。

译文

鸳鸯飞舞在空中，支好罗网将它捕。祝愿君子享长寿，年年福禄都享受。

原文

鸳鸯在梁，戢①其左翼。君子万年，宜其遐②福。

注释

①戢（jí）：收敛。
②遐（xiá）：长久。

译文

鸳鸯鱼梁来栖息，收拢它的左翅膀。祝愿君子享长寿，年年岁岁有福气。

原文

乘马在厩，摧之秣①之。君子万年，福禄艾②之。

注释

①摧（cuò）：铡碎的草。秣（mò）：用来喂马的杂谷。

②艾：养育。

译文

驾车之马拴马厩，喂它碎草和谷物。祝愿君子享长寿，多福多禄来养育。

原文

乘马在厩，秣之摧之。君子万年，福禄绥①之。

注释

①绥（suí）：安定。

译文

驾车之马拴马厩，喂它谷物和碎草。祝愿君子享长寿，多福多禄常平安。

采　菽

原文

采菽采菽，筐之筥①之。君子来朝，何锡予之？虽无予之，路车乘马。又何予之？玄衮及黼②。

注释

①筐：方筐。筥（jǔ）：圆筐。

②衮（gǔn）：有卷龙图纹的衣服。黼（fǔ）：黑白相间礼服。

译文

采大豆呀采大豆，方筐圆筐向里装。诸侯上朝见我王，天子赐予何奖赏？虽然没有厚赏赐，一辆大车四马壮。此外还要赏什么？花纹礼服绣龙裳。

原文

觱沸①槛泉，言采其芹。君子来朝，言观其旂。其旂淠淠，鸾声嘒嘒。载骖载驷，君子所届。

注释

①觱（bì）沸：泉水翻腾貌。

译文

在那翻腾涌泉旁，采摘芹菜手儿忙。诸侯入朝见我王，遥看龙旗已在望。旗帜飘飘随风扬，铃声也自响叮当。驷马骖马齐驾车，诸侯乘坐到明堂。

原文

赤芾在股，邪幅①在下。彼交匪纾②，天子所予。乐只君子，天子命之。乐只君子，福禄申③之。

注释

①邪幅：绑腿。

②交：衣领，代指衣服。纾：屈曲。

③申：重复。

译文

红色蔽膝包大腿，绑腿斜缠小腿上。衣服挺括无褶皱，此是天子所赐赏。诸侯公爵都欢欣，爵位都是天子赐。诸侯公爵都欢畅，洪福厚禄从天降。

原文

维柞之枝，其叶蓬蓬。乐只君子，殿①天子之邦。乐只君子，万福攸同。平平左右，亦是率从。

注释

①殿：安抚，镇定。

译文

柞树枝条长又长，树叶茂密真兴旺。诸侯公爵都快乐，辅佐天子镇四方。诸侯公爵都快乐，万种福禄尽安享。左右臣子都恭顺，跟从君王安国邦。

原文

泛泛杨舟，绋缅①维之。乐只君子，天子葵②之。乐只君子，福禄膍③之。优哉游哉，亦是戾④矣。

注释

①绋（fú）：系船的麻绳。缅（lí）：拉船的竹索。
②葵：估量，度量。
③膍（pí）：厚赐。
④戾（lì）：止，定。

译文

杨木船儿河中游，系住不动用绳缆。诸侯公爵都快乐，天子考察又衡量。诸侯公爵都快乐，厚赐福禄有嘉奖。从容自得多闲适，生活安定清福享。

菀　柳

原文

有菀者柳，不尚息焉。上帝甚蹈，无自暱①焉。俾予靖②之，后予极③焉。

注释

①暱（nì）：病。
②靖：谋划。
③极：放逐。

译文

柳树虽繁茂，树下莫乘凉。上帝性无常，做官惹祸殃。曾邀我谋事，今贬到异乡。

原文

有菀者柳，不尚愒焉①。上帝甚蹈，无自瘵②焉。俾予靖之，后予迈焉。

注释

①愒（qì）：同"憩"，休息。
②瘵（zhài）：病。

译文

柳树虽茂密，树下莫栖息。上帝性无常，做官惹祸殃。曾邀我谋事，今流放边地。

原文

有鸟高飞，亦傅于天。彼人之心，于何其臻？曷予靖之，居以凶矜①？

注释

①矜：危境。

译文

鸟儿高飞翔，飞到蓝天上。昏君怀心思，怎能去估量？为他谋国事，为何遭祸殃？

都人士之什

都人士

原文

彼都①人士，狐裘黄黄。其容不改，出言有章②。行归于周③，万民所望。

注释

①都：美。
②章：规范。
③周：周朝京城。

译文

那位先生真漂亮，身穿狐裘颜色黄。音容相貌很独特，他一出口便成章。他要回到京都去，万人对他都敬仰。

原文

彼都人士，台笠缁撮①。彼君子女，绸直如发②。我不见兮，我心不说。

注释

①撮（cuō）：带子。
②绸：通“稠”。

译文

那位先生真漂亮，黑带草笠头上戴。他有一位好女儿，密密黑发直且长。不能看见他们俩，我的心中不欢畅。

原文

彼都人士，充耳琇实。彼君子女，谓之尹吉①。我不见兮，我心怨结。

注释

①尹：诚。吉：善。

译文

那位先生真漂亮，宝石耳坠悬两旁。他的那位好女儿，人们称赞德无双。不能看见他们俩，我心郁闷多惆怅。

原文

彼都人士，垂带而厉①。彼君子女，卷发如虿②。我不见兮，言从之迈。

注释

①厉：带之垂者。
②卷（quán）：发束翘起。虿（chài）：虫名，尾巴上翘。

译文

那位先生真漂亮，垂下佩带长又长。他的那位好女儿，黑发卷成螫虫样。不能看见他们俩，真想前去走一趟。

原文

匪伊垂之，带则有余。匪伊卷之，发则有旟①。我不见兮，云何盱矣。

注释

①旟（yú）：扬。

译文

他那佩带向下垂，带子飘飘长又长。她那头发卷又卷，头发随风轻飘荡。不能看见他们俩，长吁短叹好心伤。

隰 桑

原文

隰桑有阿①，其叶有难②。既见君子，其乐如何！

注释

①阿（ē）：柔美貌。
②难（nuó）：盛貌。

译文

洼地桑树美，树叶也多姿。见到心上人，别提多高兴！

原文

隰桑有阿，其叶有沃。既见君子，云何不乐！

译文

洼地桑树美，树叶油光光。见到心上人，怎不喜洋洋！

原文

隰桑有阿，其叶有幽①。既见君子，德音孔胶②。

注释

①幽：同"黝"，黑。
②胶：牢固。

译文

洼地桑树美，树叶绿又黑。见到心上人，美德感我心。

原文

心乎爱矣，遐①不谓矣！中心藏之，何日忘之？

注释

①遐：何。

译文

心中爱慕他，何不对他讲！心中深爱他，何日能相忘？

·大　雅·

文王之什

文　王

原文

文王在上，於①昭于天。周虽旧邦，其命维新。有周不②显，帝命不时。文王陟降，在帝左右。

注释

①於（wū）：表赞美的语气词。

②不：语助，无义。下文"不时"、"不亿"、"无念"第一字同。

译文

文王高高在天上，辉煌耀眼放光芒。岐周自古虽邦国。天命已换新气象。周朝前途多光明，天王适时洪福降。文王升降是神灵，伴在上帝的身旁。

原文

亹亹①文王，令闻不已。陈②锡哉周，侯文王孙子。文王孙子，本支百世。凡周之士，不显亦世。

注释

①亹（wěi）亹：勤勉貌。

②陈：重复。

译文

勤勤恳恳周文王，美好德誉传四方。世代赐福继周朝，子子孙孙皆侯王。文王后世有子孙，直系旁系都兴旺。凡是周朝众官员，个个显赫有荣光。

原文

世之不显，厥犹翼翼。思皇多士，生此王国。王国克生，维周之桢。济济多士，文王以宁。

译文

世代显贵有荣光，处事谨慎又周详。众多志士是俊杰，有幸此生在周邦。国都代代出贤臣，都是国家好栋梁。人才济济在一堂，文王以此得安康。

原文

穆穆文王，于缉熙①敬止。假②哉天命，有商孙子。商之孙子，其丽③不亿。上帝既命，侯于周服。

注释

①缉熙：光明。
②假：大。
③丽：数目。

译文

端庄恭敬周文王，谨慎英明又善良。上天意志多强大，殷商子孙皆归降。殷商子孙实在多，数以亿什难估量。上帝既已降旨意，众皆一起归周邦。

原文

侯服于周，天命靡常。殷士肤敏，裸将于京。厥作裸将，常服黼冔①。王之荩②臣，无念尔祖。

注释

①黼（fǔ）：白与黑也。冔（xǔ）：殷商礼帽。
②荩（jìn）：进用。

译文

众皆一起归周邦，可见天命多无常。殷商子弟也勤勉，浇酒京都助周王。祭行浇酒行礼时，仍然身着殷时装。周王忠臣多又多，祖先恩德不能忘。

原文

无念尔祖，聿修厥德。永言配命，自求多福。殷之未丧师，克配上帝。宜鉴于殷，骏命不易。

译文

时时念及你先祖，慎修德行保安康。常言天命不可违，只求今生福禄长。殷商初得民心时，也曾遵循上天意。今日国亡是教训，保持天命不容易。

原文

命之不易，无遏尔躬。宜昭义问①，有虞殷自天②。上天之载，无声无臭。仪刑文王③，万邦作孚。

注释

①义问：好名誉。
②虞：借鉴。
③仪刑：效法。

译文

保持天命不寻常，国运勿断你手上。发扬先祖好声誉，借鉴上天亡殷商。上天之意难揣摸，无声无息多渺茫。只有勤勉效文王，万邦对你皆敬仰。

灵 台

原文

经始灵台，经之营之。庶民攻①之，不日成之。经始勿亟，庶民子来。

注释

①攻：修建。

译文

文王开始造灵台，细心经营巧安排。黎民百姓同施工，不到几日落成快。筑城本来不须急，百姓自愿来出力。

原文

王在灵囿，麀①鹿攸伏。麀鹿濯濯，白鸟翯翯。王在灵沼，於牣鱼跃。

注释

①麀（yōu）：母鹿。

译文

文王游览到灵苑，母鹿伏地很温驯。母鹿肥大一群群，小鸟俊美羽毛白。文王游览到灵沼，满池鱼儿齐跳跃。

原文

虡业维枞①，贲鼓维镛②。於论③鼓钟，於乐辟雍。

注释

①虡（jù）：木架以挂钟鼓。枞（cōng）：钟、磬上的老牙。
②贲（bén）：大鼓。镛（yōng）：大钟。
③论：和。

译文

木架大版崇牙耸，悬挂大鼓和大钟。钟鼓齐鸣相应和，国君享乐在离宫。

原文

於论鼓钟，於乐辟雍。鼍①鼓逢逢，矇瞍②奏公。

注释

①鼍（tuó）：鳄鱼名。
②矇瞍（méng sǒu）：瞎眼乐师。

译文

钟鼓之声多和谐，离宫气氛也欢乐。咚咚大鼓鳄鱼皮，盲人乐师奏宫廷。

生民之什

生　民

原文

厥初生民，时维姜嫄。生民如何？克禋克祀[1]，以弗无子。履帝武敏，歆，[2]攸介攸止[3]，载震载夙[4]。载生载育，时维后稷。

注释

①禋（yīn）：祭天之礼。

②敏：大拇趾。歆：欣。

③介、止：独处。

④震：同"娠"。夙：同"肃"，慎戒。

译文

其初生周祖，母亲为姜嫄。周祖如何生？姜嫄勤祭祀，祈神降男子。踩了神趾印。独居侧室后，姜嫄有身孕。生下一男儿，他就是后稷。

原文

诞弥厥月，先生如达。不坼不副[1]，无菑无害。以赫厥灵，上帝不宁。不康禋祀，居然生子！

注释

①坼（chè）：绷裂。副：剖开。

译文

怀胎已足月，分娩很顺利。不受一点伤，不遭灾和殃。这是显神灵，上帝始安宁。因为常祭祀，终于生男儿。

原文

诞寘之隘巷，牛羊腓字之。诞寘之平林，会伐平林。诞寘之寒冰，鸟覆翼之。鸟乃去矣，后稷呱矣。实覃实讦[1]，厥声载路。

注释

①覃（tán）：长。訏（xū）：大。

译文

置婴于窄巷，牛羊来庇护。置婴于密林，恰逢人砍柴。置婴于寒冰，群鸟展翅护。鸟儿刚飞走，后稷哇哇哭。哭声长又亮，不绝于路上。

原文

诞实匍匐，克岐克嶷①，以就口食。蓺之荏菽②，荏菽旆旆，禾役穟穟，麻麦幪幪，瓜瓞唪唪。

注释

①岐：会人意。嶷（nì）：辨事物。

②蓺（yì）：种植。

译文

后稷学爬行，能辨人和事，喂食挨得近。长大种大豆，豆苗很茂盛，禾苗长得壮，麦麻粗又密，瓜果实累累。

原文

诞后稷之穑，有相之道。茀厥丰草，种之黄茂。实方实苞，实种实褎①。实发实秀，实坚实好，实颖实栗。即有邰家室。

注释

①种：短。褎（xiù）：长。

译文

后稷种庄稼，自有好办法。拔除野生草，种上好谷稻。按时生芽苞，由低长到高。发茎又吐穗，果实大又好，垂穗头摇摇。后稷成了家。

原文

诞降嘉种，维秬维秠①，维穈维芑。恒之秬秠，是获是亩。恒之穈芑，是任是负，以归肇祀。

注释

①秬（jù）、秠（pǐ）：黑黍。

译文

上天赐良种，秬稻和秠稻，红谷和白谷。遍地种秬秠，收割满田垄。遍地种
糜芑，肩挑往回送，回家祭神灵。

原文

诞我祀如何？或舂或揄①，或簸或蹂②。释之叟叟，烝之浮浮。载谋载惟，
取萧祭脂，取羝以軷③，载燔载烈，以兴嗣岁。

注释

①揄（yóu）：舀米。

②蹂：通"揉"。

③軷（pá）：祭路神。

译文

如何祭神灵？舂米又舀米，又簸又来搓。淘米"簌簌"响，蒸气"噗噗"
冒。思考且商量，拿来油和蒿，牵来大公羊，又烧又是烤，祈求来年丰。

原文

卬①盛于豆，于豆于登。其香始升，上帝居歆②。胡臭亶时③，后稷肇祀。
庶无罪悔，以迄于今。

注释

①卬（áng）：我。

②歆：享受。

③臭：气味。亶（dǎn）：诚然，实在。时：善。

译文

我盛肉于豆，再盛于瓦盆。香气向上冒，上帝享供奉。香气阵阵浓，后稷在

祭祀。对神没失礼，平安到如今。

荡之什

荡

原文

荡荡上帝，下民之辟。疾威上帝，其命①多辟。天生烝民，其命匪谌②。靡不有初，鲜克有终。

注释

①命：本性，品质。

②谌（chén）：诚信。

译文

不守法度的上帝，亲临下界为君王。威严赫赫的上帝，他的本性很邪僻。虽已降生亿万民，其命却不足以信。人生之初性本善，可惜很少得善终。

原文

文王曰咨，咨女殷商。曾是强御①，曾是掊克②。曾是在位，曾是在服。天降滔德，女兴是力。

注释

①强御：暴虐。

②掊（póu）克：聚敛，搜刮。

译文

文王长声发感叹，这个殷商太黑暗。竟然如此地专横，如此盘剥国中民。如此在位不称职，如此处理朝中事。老天生下害人君，你却用力纵容他。

原文

文王曰咨，咨女殷商。而秉义类①，强御多怼②。流言以对，寇攘式内。侯作侯祝，靡届靡究。

注释

①义类：善良之人。

②怼（duì）：怨恨。

译文

文王长声发感叹，这个殷商太黑暗。你若任用贤良人，强横之辈多怨愤。流言蜚语四处走，乱臣盗贼祸朝内。又是造谣又是骂，骂到何时才作罢。

原文

文王曰咨，咨女殷商。女炰然于中国①，敛怨以为德。不明尔德，时无背无侧。尔德不明，以无陪无卿。

注释

①炰然（páo xiāo）：即"咆哮"。

译文

文王长声发感叹，这个殷商太黑暗。你在王土来咆哮，多行不义以为德。你的德行太昏聩，小人背叛你不查。你的德行真昏庸，忠臣良才你不觉。

原文

文王曰咨，咨女殷商。天不湎①尔以酒，不义从式。既愆尔止，靡明靡晦。式号式呼，俾昼作夜。

注释

①湎（miǎn）：沉迷。

译文

文王长声发感叹，这个殷商太黑暗。上天不让迷于酒，你们不宜杯中求。既然玷污好德行，朝夕狂饮也不行。你们醉了狂叫喊，还把白天当夜晚。

原文

文王曰咨，咨女殷商。如蜩如螗，如沸如羹。小大近丧，人尚乎由行。内奰^①于中国，覃^②及鬼方。

注释

①奰（bì）：发怒。
②覃：延伸。

译文

文王长声发感叹，这个殷商真黑暗。朝政混乱如蝉噪，政局动荡如沸汤。大小事情都失败，人们袖手而旁观。国内激怒千万人，竟至远邦难忍耐。

原文

文王曰咨，咨女殷商。匪上帝不时，殷不用旧。虽无老成人，尚有典刑。曾是莫听，大命以倾。

译文

文王长声发感叹，这个殷商真黑暗。不是上帝有过错，是你传统皆抛却。虽无老臣在朝廷，典章律例应保存。刚愎自用不听劝，王命倾倒不可免。

原文

文王曰咨，咨女殷商。人亦有言，颠沛之揭，枝叶未有害，本实先拨。殷鉴不远，在夏后之世。

译文

文王长声发感叹，这个殷商真黑暗。人民有话说得好：树木拔起路边倒，枝叶虽然无损坏，树根早已全烂掉。殷商之鉴并不远，在那夏桀王朝间。

三、"三颂"

·周　颂·

清庙之什

清　庙

原文

於穆①清庙，肃雝显相②。济济多士，秉文之德。对越③在天，骏奔走在庙。不显不承④，无射于人斯⑤！

注释

①於（wū）：叹词。穆：美好，严肃。

②相：助祭的公侯。

③越：于。

④不：发语词。

⑤射（yì）：通"斁"，厌弃。

译文

啊！清庙之中多庄重，助祭肃敬有仪容。祭祀之人特别多，文王德教记心中。遥对文王在天灵，奔走奉事如疾风。光照上天延后世，受人景仰永无穷！

维天之命

原文

维天之命，於穆不已。於乎不①显，文王之德之纯。假以溢②我，我其收之。骏惠③我文王，曾孙笃④之。

注释

①於乎：呜呼！不：语助，无实义。

②假：通"嘉"。溢：谨慎。

③骏：顺从。惠：顺。

④笃：专一，忠实执行。

译文

思念天之道，啊，永远都美好。啊，灿灿闪光辉，文王德精粹。善德戒慎我，我心受恩惠。遵循文王德，子孙永不违。

思　文

原文

思①文后稷，克②配彼天。立我烝民，莫匪尔极③。贻我来牟④，帝命率育。无此疆尔界，陈常⑤于时夏。

注释

①思：语助词。

②克：能。

③极：德之至。

④来牟：大麦和小麦。

⑤常：农政。

译文

文德双全是后稷，你的功绩与天齐。粮米养活我万民，你的善德高无比。上天赐予大小麦，上帝好意养民众。莫要划下田中界，推行农政到四方。

臣工之什

臣　工

原文

嗟嗟臣工，敬尔在公。王釐①尔成，来咨来茹②。嗟嗟保介③，维莫之春。

亦又何求，如何新畬④？於皇来牟，将受厥明⑤。明昭上帝，迄用康年。命我众人：庤乃钱镈⑥，奄观铚艾⑦。

注释

①釐（lí）：赐。

②茹：度。

③保介：田官。

④畬（yú）：熟田。

⑤明：收成。

⑥庤（zhì）：准备。钱（jiǎn）：农具。镈（bó）：农具。

⑦奄：尽。铚（zhì）：拿镰收割。艾：收割。

译文

敬告诸位官和吏，公事认真来办理。周王嘉赏众功臣，赶快前来同商议。敬告你们众田官，现在正好是暮春，大家有些啥要求，新田熟田怎耕耘？田中麦子长势好，庄稼很快要收割。光明昭彰的上帝，降下丰年好收成。命令众位老百姓，备好锄头扛起锹，我要遍察收庄稼。

武

原文

於皇武王，无竞维烈。允文文王，克开厥后。嗣武受之，胜殷遏刘①。耆定尔功②。

注释

①刘：杀；征伐。

②耆（zhī）：借为"致"。

译文

伟大的武王，功业世无双。文王有文德，基业你开创。武王继父德，胜殷止征伐。功成万民仰。

体验阅读

诗

经

∧∧∧

作为中国文学发展史上第一部诗歌总集，《诗经》收录了西周前期至春秋中叶的305篇诗作，因所配乐曲不同，分为《风》、《雅》、《颂》三部分。这些诗题材相当广泛，从重大的历史事件到民间的日常生活，都有所涉及，对于后人了解当时的社会状况具有重要的史料价值。具体地说，《诗经》的特色和影响，主要表现在以下几个方面：

第一，《诗经》是以抒情诗为主流的。除了《大雅》中的史诗和《小雅》、《国风》中的个别篇章外，《诗经》中几乎完全是抒情诗。而且，从诗歌艺术的成熟程度来看，抒情诗所达到的水准，也明显高于叙事诗。

而与《诗经》大体属于同时代的古希腊的《荷马史诗》，却完全是叙事诗。正如《荷马史诗》奠定了西方文学以叙事传统为主的发展方向，《诗经》也奠定了中国文学以抒情传统为主的发展方向。以后的中国诗歌，大都是抒情诗。而且，以抒情诗为主的诗歌，又成为中国文学的主要样式。

第二，《诗经》中的诗歌，除了极少数几篇，完全是反映现实的人间世界和日常生活、日常经验。在这里，几乎不存在凭借幻想而虚构出的超越于人间世界之上的神话世界，不存在诸神和英雄们的特异形象和特异经历，有的是关于政治风波、春耕秋获、男女情爱的悲欢哀乐。后来的中国诗歌乃至其他文学样式，其内容也是以日常性、现实性为基本特征。日常生活、日常事件、日常人物，总是文学的中心素材。

第三，与上述第二项相联系，《诗经》在总体上，具有显著的政治与道德色彩。无论是主要产生于社会上层的大、小《雅》，还是主要产生于民间的《国风》，都有相当数量的诗歌，密切联系时事政治，批判统治者的举措失当和道德败坏。其意义虽主要在于要求维护合理合度的统治，给予人民以较为宽松、可以维持生存的条件，但这对于社会的发展，当然也是有价值的。

关心社会政治与道德，敢于对统治阶层中的腐败现象提出批判，应该说是《诗经》的优秀之处。这一种批评完全是站在社会公认原则的立场上，在根本上起着维护现有秩序的稳定的作用，而不能不抑制个人的欲望与自由。就以《相鼠》一诗来说，它可能是批评统治者荒淫无度的生活，也可能是批评对"礼仪"的具有进步意义的破坏行为。不管作者的原意如何，诗对于这两种现象都是适用的。

要说《诗经》这一特点对后世的影响，首先要说明：《诗经》的政治性和道德性，在后世经过曲解而被强化了。本来不是直接反映政治与道德问题的诗，包括众多的爱情诗，在汉代的《毛诗序》中，也一律被解释为对政治、道德或"美"或"刺"的作品。因而，一部《诗经》，变成了儒家的道德教科书。

后代诗人继承《诗经》关注社会政治与道德的特色，同样应该从两方面来分析。一方面，提倡这一特色，可以纠正文学过分趋向游戏和唯美倾向，发扬文学的社会功能；另一方面，如果不适当地过分强调这一点，也必然妨害文学的多样化发展，抑制情感的自由表达。

第四，《诗经》的抒情诗，在表现个人感情时，总体上比较克制因而显得平和。看起来，像《巷伯》批评"谗人"，《相鼠》批评无礼仪者，态度是很激烈的。但这种例子不仅很少，而且并不能说是纯粹的"个人感情"，因为作者是在维护社会原则，背倚集体力量对少数"坏人"提出斥责。像《雨无正》、《十月之交》、《正月》等，因所批评的对象是多数人，则已显得畏惧不安。

至于表现个人的失意、从军中的厌战思乡之情，乃至男女爱情，一般没有强烈的悲愤和强烈的欢乐。由此带来必然的结果是：《诗经》的抒情较常见的是忧伤的感情。这直接影响了中国后代的诗歌。

《诗经》中克制的感情，尤其忧伤的感情，是十分微妙的。它不像强烈的悲愤和强烈的欢乐喷涌而出，一泄无余，而是委婉曲折，波澜起伏。由此，形成了《诗经》在抒情表现方面显得细致、隽永的特点。这一特点，也深刻地影响了中国后来的诗歌。

《诗经》常常采用叠章的形式，即重复的几章间，意义和字面都只有少量改变，造成一唱三叹的效果。这是歌谣的一种特点，可以借此强化感情的抒发，所以在《国风》和《小雅》的民歌中使用最普遍，《颂》和《大雅》，以及《小雅》的政治诗中几乎没有。

全篇三章十二句，只变动了六个动词，不但写出采摘的过程，而且通过不断重复的韵律，表现出生动活泼的气氛，似乎有一种合唱、轮唱的味道。清人方玉润说："恍听田家妇女，三三五五，于平原旷野、风和日丽中群歌互答，余音袅袅，忽断忽续。"（《〈诗经〉原始》）这么说也许多了一些想象，但叠章重句的美感，确是很动人的。四言诗衰微后，这种形式也被摒弃，只能偶一见之。倒是在现代歌曲中，又常看到这种情况。这说不上"影响"，却有古今相通之理。

作为歌谣，为了获得声韵上的美感，《诗经》中大量使用双声、叠韵、叠字的语汇。在古汉语的规则中，这类词汇大抵是形容词性质，所以也有助于表达曲折幽隐的感情，描绘清新美丽的自然。如《诗经》首篇的《关雎》，"关关"（叠字）形容水鸟叫声，"窈窕"（叠韵）表现淑女的美丽，"参差"（双声）描绘水草的状态，"辗转"（叠韵）刻画因相思而不能入眠的情状，既有和谐的声音，也有生动的形象。

《诗经》里大量运用了赋、比、兴的表现手法，加强了作品的形象性，获得了良好的艺术效果。所谓"赋"，用朱熹《诗集传》的解释，是"敷陈其事而直言之"。这包括一般陈述和铺排陈述两种情况。大体在《国风》中，除《七月》等个别例子，用铺排陈述的较少。大、小《雅》中，尤其是史诗，铺陈的场面较多。汉代辞赋的基本特征就是大量铺陈。虽然从《诗经》到汉赋还间隔许多环节，但说其原始的因素源于《诗经》，也未尝不可。

总而言之，《诗经》是中国诗歌，乃至整个中国文学一个光辉的起点。它从多方面表现了那个时代丰富多彩的现实生活，反映了各个阶层人们的喜怒哀乐，以其清醒的现实性，区别于其他民族的早期诗歌，开辟了中国诗歌的独特道路。虽然，由于特殊的社会生存条件，《诗经》缺乏浪漫的幻想，缺乏飞扬的个性自由精神，但在那个古老的时代，它是无愧于人类文明的，值得我们骄傲的。

延展阅读

诗
经
∧∧
∧

阅读链接
——与本书内容有关的图书、影视

①

《战国策》

作者：刘向等

研究缩影

　　《战国策》记载了东周、西周及秦、齐、楚、赵、魏、韩、燕、宋、卫、中山各国之事，记事年代起于战国初年，止于秦灭六国，约有240年。是战国时期的国别史和汉民族历史散文集。分为12策，33卷，共497篇。主要记述了战国时期的纵横家的政治主张和言行策略，也可说是纵横家的实战演习手册。本书亦展示了东周战国时代的历史特点和社会风貌，是研究战国历史的重要典籍。

②

《楚辞》

作者：刘向辑录，屈原等作

研究缩影

　　《楚辞》是一部收录中国战国后期楚地诗歌的诗集，是仅次于《诗经》的中国历史上第二部诗歌作品集，与《诗经》一样成为之后两千多年内中国古代诗歌发展的源头。作为继《诗经》以后，对中国文学最具有深远影响的一部诗歌总集，《楚辞》对整个中国文化系统有不同寻常的意义，特别是文学方面，它开创了中国浪漫主义文学的诗篇，令后世因称此种文体为"楚辞体"、"骚体"。

③

《汉乐府》

作者：汉时乐府机关采集整理

剧情简介：

　　汉乐府是继《诗经》之后，古代民歌的又一次大汇集，不同于《诗经》，它开创了诗歌现实主义的新风。汉乐府民歌中女性题材作品占重要位置，它用通俗的语言构造贴近生活的作品，由杂言渐趋向五言，采用叙事写法，刻画人物细致入微，创造人物性格鲜明，故事情节较为完整，而且能突出思想内涵着重描绘典型细节，开拓叙事诗发展成熟的新阶段，是中国诗史五言诗体发展的一个重要阶段。汉乐府在文学史上有极高的地位，其与诗经、楚辞可鼎足而立。

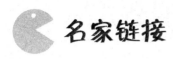

名家链接

1.荀子

（公元前313年—公元前238年）名况，时人尊而号为"卿"。因"荀"与"孙"二字古音相通，故又称孙卿。战国时期赵国人，著名思想家，教育家，儒家代表人物之一，对儒家思想有所发展，提倡"性恶论"，常被与孟子的"性善论"比较。荀况对重整儒家典籍也有相当的贡献。荀子思想虽然与孔子、孟子思想都属于儒家思想范畴，但有其独特见解，自成一说。

2.老子

（约公元前571年—公元前471年）春秋时思想家，道家的创始人。一说即老聃，姓李名耳，字伯阳，楚国苦县（今河南鹿邑县）人。做过周朝"守藏室之史"（管理藏书的史官）。孔子曾向他问礼，后退隐，著《老子》。一说老子即太史儋，或老莱子。老子在函谷关前著有五千言的《老子》一书，又名《道德经》或《道德真经》。《道德经》、《易经》和《论语》被认为是对中国人影响最深远的三部思想巨著。《道德经》分为上下两册，共81章，前37章为上篇道经，第38章以下属下篇德经，全书的思想结构是：道是德的"体"，德是道的"用"。上下共五千字左右。

铭记链接

1. 衡门之下，可以栖迟。泌之扬扬，可以乐饥。

2. 关关雎鸠，在河之洲，窈窕淑女，君子好逑。

3. 蒹葭苍苍，白露为霜。所谓伊人，在水一方。

4. 桃之夭夭，灼灼其华。

5. 知我者，谓我心忧。不知我者，谓我何求。悠悠苍天,此何人哉?

6. 投我以木桃，报之以琼瑶。匪报也，永以为好也。

7. 彼采萧兮，一日不见，如三秋兮。

昔我往矣，杨柳依依。今我来思，雨雪霏霏。

8. 他山之石，可以攻玉。

9. 战战兢兢，如临深渊，如履薄冰。

10. 如月之恒，如日之升，如南山之寿，不骞不崩，如松柏之茂，无不尔或承。

11. 普天之下，莫非王土，率土之滨莫非王臣，大夫不均我从事独贤。

12. 呦呦鹿鸣，食野之苹。我有嘉宾，鼓瑟吹笙。